交叉
CROSS
con

覺醒與災厄的
互換身體
姊妹遊戲攻略

4

久追遙希

ILLUSTRATION
konomi
(きのこのみ)

Kadokawa Fantastic Novels

彩頁、內文插畫／konomi（きのこのみ）

垂水夕凪
Yunagi Tarumi
主角。具有卓越的遊戲天賦，逐一拯救了身為電腦神姬的幾名少女。
末冬
Mifuyu
Bug Number Code Gamma
電腦神姬三號機。對斯費爾抱有強烈恨意。
鈴夏
Suzuka
Bug Number Code Beta
電腦神姬二號機。被夕凪救出來，賴在他的手機裡。

序章 兩名少女與兩句誓言

CROSS CONNECT

♭♭

「就快了。一切……馬上就會結束了。」

——現場傳出一道聲音。

那是一道同時蘊涵著寂靜怒氣與些許激昂的少女聲調。那樣的聲音慢慢地、深深地滲入這個宛如腐朽牢籠的狹窄空間。

「嗯……」

對少女這句話釋出微小反應的人，是另一名少女。她一邊緊緊摟著雙眼黯淡的少女的手臂，孱弱地垂下眼眸。她穿著與這個牢籠非常相襯的殘破服裝，將身體靠在唯一的盟友——姊姊身上。

接著，她輕聲地——

「是啊，姊姊。」

發出僅此一次的聲音……這對現在的她來說，已經是極限了。對孱弱的她來說，連做出肯定都是這麼艱難。

見妹妹如此模樣，雙眼黯淡的少女微微地勾起嘴角。

「怎麼啦？計畫進行得很順利，妳可以再表現得開心一點啊。」

「……是……這樣嗎？」

「那當然。我的——不對，我們的『復仇』總算走到這一步了。我們成功把斯費爾……把那個星乃宮織姬逼到這個地步了。最後只要再輕輕推一把就行了。」

靜謐的空間裡——在這個除了她們，空無一物的空間裡，只有這道信念堅定的音色不斷迴響著。那道寂靜而且冰冷的聲音，宛如與黯淡混濁的眼眸染上了相同的色彩。

「……嗯，我知道了。」

銀色長髮的少女說著，輕輕抓住她的雙手。

在這個牢籠中，沒有椅子這種好東西。她們兩人就這麼席地而坐，這名衣衫襤褸的少女遂將自己的手指與姊姊的雙手交纏在一起。為了避免分離，避免兩人被拆散——以輕柔的力量，緊緊握住。

眼神黯淡的少女嫣然一笑，回握住那雙手，並緩緩讓身體往前倒。兩人的距離因此一口氣縮短，最後額頭彼此相碰。寂靜造訪的一瞬間，她們的眼裡只容得下彼此的眼眸，其他一切事物都消失無蹤。

「這真的是最後關頭了……我們一起加油吧，姊姊。」

「好。我們一定要給斯費爾一個迎頭痛擊。」

兩名少女用力握緊彼此的手，在只有她們的牢籠中，同時喃喃說道：

「……我們絕對……」「絕對會——」

第一章 「變動遊戲」導覽

CROSS CONNECT

#

「秋櫻(Cosmos)小姐她！她拒絕登出，現在還留在ＥＵＣ裡啊！」

……自從春風悲痛的聲音撕裂教室裡的空氣，只過了幾分鐘。

我被慌張和混亂支配，到現在還無法行動——什麼？到底發生什麼事了？我無法順利消化春風所說的話。頭腦深處拒絕理解。

「該死……！」

為了整理紊亂思緒，我決定先回顧一下狀況。

星乃宮織姬向我提出在地下遊戲ＥＵＣ一決勝負，儘管過程曲折迂迴，最後還是由我獲勝。

然而那個遊戲世界彷彿一早就設計好般，在我獲勝後就「開始崩毀」。而且那還不是斯費爾搞的小動作，當時連星乃宮都慌亂不已，完全是一副「沒料到」的模樣……不對，這不重要。這根本不是重點。

問題是，「在那個此刻仍然持續崩毀的世界中，不知道為什麼，只有秋櫻還沒回來」。

「……嘖！」

我顧不得自己的態度，直接看向位在我前方的星乃宮。但她瞪大茫然的雙眼，慌亂程度和我不相上下。她的雙手正在顫抖，就這麼把手上的平板電腦放在講桌上，然後雙手抓著講桌兩端，支撐已經失去重心的身體。

她的反應似乎誇張了點——但我想這也沒辦法。

畢竟在那長方形的畫面當中所見的秋櫻，是「過去不曾見過的模樣」。真要形容的話，就像「半覺醒」的感覺。儘管部分頭髮已經變成紅色，雙眼卻依舊維持藍色。此外看她一臉呆滯，也不像進入之前那種機械式精神狀態。

見她如此，星乃宮以顫抖的語調對她拋出一句話：

「……妳……在做什麼，秋櫻？妳會出事的喔。」

『咦？呃……呼嗚哇！』

明明只是叫了她一聲，秋櫻卻表現出誇張的反應，同時環伺四周。雖然途中因為地面龜裂，讓她失去平衡跌倒，她還是沒有氣餒，開始大叫：

『姊……姊姊大人？我聽得到姊姊大人的聲音從某個地方傳來！啊！難道這就是走馬燈嗎！

意思是，我的命運要到此為止了嗎！』

「世上從來沒有人只因為叫了一聲，就被當成是走馬燈。而且不是『某個地方』，妳聽得到聲音，是因為我透過平板電腦，說得更明確一點，是從現實世界呼喚了妳。」

『啊！也、也對喔！其實我說到一半就知道了！……真……真的喔，我真的知道喔！我知道妳一定是活生生的姊姊大人！』

「活……算、算了，這不重要。秋櫻，回答我，妳為什麼還留在那裡？我應該已經要妳轉移到備用伺服器了。」

『咦？備用伺服器？轉移……為什麼要轉移？』

秋櫻疑惑地歪著頭。星乃宮見狀，神色顯露了些許不解，但還是決定冷靜地解釋——剎那間，盤據在屋頂的裂痕突然擴大。雪菜預料那應該會是致命的崩毀，頓時緊閉雙眼，春風也發出尖叫。

「秋櫻小姐，請妳快逃——」

——「然而」……

下一秒，映照在平板電腦上的畫面，卻與我們料想中的大不相同。

沒錯……「屋頂的崩毀停止了」。秋櫻原本想閃避，龜裂的線條卻戛然停止。不，別說停止了。不只侵蝕平息，早已崩壞的大洞和溝渠，都逐一被填滿。「世界漸漸修復」。以秋櫻為中心，一點一滴修復著。

簡直就像將錄好的影像倒轉，若非除此，那根本是「奇蹟般的光景」了。

「這樣啊…………我知道了，是『地下世界干涉能力』。」

於是我心中抱著某種確信，扭曲嘴臉的同時，輕聲「吐出」這句話。

地下世界干涉能力。那是秋櫻身為電腦神姬一號機（Bug Number Code Original）所持有的「萬能」特殊能力。她能藉由進入覺醒狀態，干涉「地下世界本身」。畢竟是能自在操縱各種東西的能力，無論要「保護」還是「修復」，都並非不可

這件事本身沒有什麼值得大驚小怪的……但我心中的焦躁卻是每分每秒不斷增加。

因為——因為事情「就是如此」不是嗎？我的意思是，EUC現正處於逐漸崩毀的狀態，獨自一人留在那裡的秋櫻擁有阻止世界毀滅的能力，但「確定毀滅的事實這種令人絕望的未來，連星乃宮都無法避免」。

有這麼多的前提擺在眼前，答案早已不言而喻。

秋櫻直到現在還留在螢幕的另一邊，並不是碰巧或意外事故，更不是她過度有自信——

『……我不要。』

——而是單純、自私的「自我犧牲」。

『我不要。我不要逃跑……因為要是我不在了，這裡全都會毀掉啊。姊姊大人的理想和夢

想，就會在這裡結束了不是嗎？我不要這樣。絕對……絕對不要。』

　從EUC明明看不見我們這邊的世界，秋櫻卻以筆直的視線和聲音說出這些話。相較之下，星乃宮卻是握緊雙拳，不顧一切地大叫：

「妳在說什……！首、首先，妳做這種事根本毫無意義。憑現在的妳，光是維持這個狀況幾分鐘就是極限了。妳不可能完美修復全世界！」

『是啊……對不起，姊姊大人。我實在派不上什麼用場。』

「我的意思不是這樣——！」

『嗯……不過這並非毫無意義喔。姊姊大人說得對，我可以壓制幾分鐘，讓世界不再崩毀。有幾分鐘不就夠了嗎！

　……因為……因為只要姊姊大人出馬……

「只要姊姊大人出馬」——「當我灰飛煙滅的時候，一定已經重建世界了」！』

「…………唔！」

秋櫻無力地在微笑的同時，提出這般殘忍的末路……仔細一看，才發現混雜在她髮絲之間的「紅色」，比剛才的範圍更廣。當然，眼睛也一樣。

每當她使用能力，世界的悲鳴便會停歇。

然而——每當如此，「她也將逐漸毀壞」。

「……請妳別鬧了……！」

看到秋櫻這樣，星乃宮一邊雙手重重拍打講桌，一邊激動吼道：

「妳為什麼要這樣盡做些傻事呢，秋櫻！妳別再鬧了，儘早退出那個世界！這是命令！」

『姊姊大人，我不要。就算是妳的命令，唯有這件事我不會聽從。因為我——是個迷糊蛋。因為我老是幫不上妳的忙。所以好歹在這種時候……好歹在這種最後關頭！我也想討姊姊大人的歡心啊！』

那是幾近慟哭的靈魂吶喊。星乃宮從頭到尾聽完這些，身子突然慌亂地發出顫抖。從旁也很明顯看得出來她處在混亂狀態，要論混亂程度的話，甚至比「ＥＵＣ開始崩毀時還要嚴重」。

「……喂，星乃宮。」

所以——我站到微微低著頭的星乃宮面前，說出了這番話：

「追根究柢，妳為什麼要征服世界？應該說……『妳的目的真的是征服世界嗎？』」

「……？那還用問——」

「我說妳啊……現在就好，現在這段時間就好，全部老實回答吧。現在不是裝模作樣的時候吧？裡面有個想聽妳說話的人啊。有個只會聽妳的話行動的人啊。所以——所以！將真心話全部講出來啊！」

「唔……！」

星乃宮聽完我的指摘，就像被戳到痛處那般，肩膀大大縮瑟。那雙參雜了各種感情的瞳孔，筆直穿透我。平板電腦另一端的秋櫻側耳傾聽我們的談話，也不禁屏息等待。

……讓人覺得近乎於無限的沉默持續了一陣子。

接著過了十秒後——星乃宮彷彿死了心似的閉上眼睛，然後靜靜開口：

「征服世界嗎……是啊，『如你所說，那並不是我的目的』。」

——那句話從根本顛覆ＥＵＣ的前提，是星乃宮織姬的「真心話」。

「來說點往事吧。追根究柢，我星乃宮織姬這個人類——撇開自大、自吹自擂，只論單純的事實——真的非常優秀。旁人都認為我擁有高人一等的才能，至少我也自負如此。所以我在斯費爾內才能獲得如今的地位，但我有個決定性的不足。

沒錯——我做事毫無『目的』可言。

你們能明白嗎？假設我現在想到要做一件事，那也『必定』會實現。只要是我想到的事，全都會成功。只要是我想做的東西，全都做得到。對當時的我來說，夢想和野心純粹只是預計執行的項目（Task）。我對於凡事只要投入必要的時間，就能順利達成這點，沒有一絲感慨。在我的世界當中，不存在任何『脫序』。

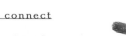

一切都能計算，一切都能預測，所以一切都很無趣。

——『直到我遇見秋櫻為止』。

『電腦神姬（Bug Number）』是從Enigma代碼這種不確定物質中產生。而且身為一號機的秋櫻完完全全是個『未知』的存在。她的行動根本無法操控，不斷顛覆我的預想，一而再再而三的少根筋也讓人煩躁……可是某天我突然發現了。我『並不討厭如此』。被玩弄的感覺是那麼新鮮，那麼惹人憐愛。

後來秋櫻——就成了我的存在意義。

存在意義。Identity。生存食糧。動力……說法是什麼並不重要。總之我以調整她的名目，開始與她長時間對談。以機能實驗的名目，開始毫無意義地與她共同行動。

當然，我很清楚她可能會因此『疏遠』我。以客觀角度來看，秋櫻和我的關係就像奴隸和主人。被我如此干涉，她根本不可能還會開心。我清楚理解到這點。但是……我沒有辦法克制。我對秋櫻的執著就是如此地強烈。

所以了，這次遊戲的動機就在此。

『我並非想要「世界」這種曖昧不清的事物。我的目的不是那種東西，我只是想前往能和秋櫻同在的世界。我想待在秋櫻身邊。』

沒有秋櫻存在的現實世界……對我來說，實在太過無趣了。」

星乃宮帶著抑鬱的表情這麼說著，結束這段漫長的獨白。

……其實我也隱隱約約察覺到了。秋櫻雖說「星乃宮討厭她」，其實星乃宮面對其他電腦神姬時，明明是以「一台、兩台」計算，卻「只有在面對秋櫻時，以一個人類待之」。我猜她對秋櫻的心思，恐怕已經強烈到讓她下意識給予特殊對待了。

但我雖然猜到ＥＵＣ的目的，卻不知道背後原因竟然是這樣。

這真是偏執到異常了。因為簡單來說，星乃宮就只是為了製造和秋櫻在一起的世界，將征服世界當作「踏板」——但其實她壓根對征服世界沒半點興趣——「姑且」將現實世界納入自己的控制之下罷了。

實在是有夠誇張，有夠會給人添亂……而且有夠笨拙的表達方式（親近方式）。

『……噢……噢……噢噢噢…………！』

當我在傻眼之中嘆了口氣時，平板電腦另一端傳來「超級感動」的聲音。我順著聲音看向螢幕，只見秋櫻看著我們，嘴巴張得偌大。

『這……這是真的嗎……？剛才……剛才那些話是真的嗎，姊姊大人！』

「……對，全都是真的。沒有一絲虛假。」

『～～～～～唔！對、對不起，姊姊大人。我現在的情緒有點大塞車、大暴走、大混亂，完全不知道該說些什麼！一起……嘿嘿，跟姊姊大人一起……欸？奇怪？可、可是可是，就算不特地征服世界（做那種事情），姊姊大人妳還是時不時會登入這個世界吧？說是要例行維修，還有確認生命徵象什麼的……難道那樣不行嗎？』

「……意思是在那邊的世界，兩人一起過活嗎？」

『……是、是的。我們兩個人……就我們兩個人。』

星乃宮看著秋櫻茫然地仰望自己的視線，沉默了一段時間。

接著她靜靜閉上雙眼——最後小幅度地「搖頭」。

「我沒辦法……我沒有那種資格。畢竟妳恨我。妳討厭我。要跟我這樣的人朝夕相處，只會讓妳不幸——」

『請……請妳等一下，姊姊大人！呃……鏡頭是在這邊嗎！對嗎！』

秋櫻在稍微偏移鏡頭的地方，對著空氣原地跳躍揮手，死命大叫。在我小聲誘導之後，她馬上開始調整視線，不久後，視線便能順利對上了。

『謝……謝謝你，夕凪。姊姊我稍微對你刮目相看了。』

「是是是，謝謝喔。」

『嗯……那我們重來一遍！』

秋櫻重振旗鼓，右手輕輕放在女僕裝的胸口。對她來說，這是難得文靜的氛圍，以及認真的表情。這樣也不枉我替她調節角度了，她以深紅而且水潤的雙眼，筆直看著星乃宮一個人。

當我們所有人屏息以待……秋櫻帶著笑容，完全「否定了星乃宮自虐的想法」。

『姊姊大人——妳錯了。妳完全、從頭到尾搞錯了。』

「……………」

『我最喜歡妳了。我最喜歡妳溫柔又有禮的嗓音。喜歡妳冷靜卻不冷漠的表情。喜歡妳認真的眼神。喜歡妳偶爾露出的笑容。姊姊妳始終沒有放棄我這種人，拚命地陪我努力，我真的打從心底很喜歡妳。』

「怎……麼會……這不可能……」

『妳覺得不可能嗎？但這是真的啊……應該說，我才是一直覺得姊姊大人討厭我呢。我一直以為妳是因為人很好，才會善待我這個讓妳討厭的人。所以我才想一點點也好，希望可以幫上妳的忙——』

「妳……請妳別說笑了！我一直都在替妳著想，成天盡想著妳的事。應該說我只想著妳的事啊！妳喜歡我這件事，我一時之間難以相信，可是硬要說的話，一定是我的感情最深最強烈！」

『咦咦！才……才沒有這種事呢！姊姊大人妳喜……喜歡我這種事……就算只有萬分之一、億分之一的機率，萬一真的發生這麼幸福的事，那也一定是我對妳的心意最強烈！而且一定比天空樹還高！』

「我還以為妳要說什麼，居然是這樣嗎……！受不了，我都不知道妳是個這麼不知變通的人。聽好了，我從第一次見到妳那天——」

『不、不知變通的人是姊姊大人妳！我也一樣，從好久以前——』

「「…………」」

我兩眼發直地看著逐漸白熱化的爭論，陷入沉默。一旁的雪菜也是。

好啦，其實我懂。我知道她們這些年累積起來的「平行線」，正以波濤洶湧的速度消弭，我也知道這種場面還是別插嘴比較好。沒錯，我當然都知道。

但是……這也講太久了吧！

「……啊——那個……星乃宮？」

「唔！」

但我差不多受不了了，（即使如此，我依舊滿是顧慮地）開口叫了一聲，星乃宮一聽見我的聲音，整個人跳起來，遠離平板電腦。

「……不……不好意思。我不小心太激動了。」

「不會，這倒是無所謂。這就代表她對妳來說，有多重要吧？」

「是這樣……沒錯……但既然如此，我這一路做的事情又到底——」

星乃宮一邊對著螢幕的另一端釋出複雜的眼神一邊說道，語氣中首次透露出了後悔。

就在這個時候——

『咦？哇……哇……呀啊啊啊！』

ＥＵＣ的崩毀已經明顯擴大，秋櫻負荷的痛楚因此增加，發出了慘叫……就連我這個旁人看了，都覺得她已經到極限了。她的脖子和額頭有著不尋常的大量汗水，及肩的長髮已經將近一半被侵蝕成「紅色」。

「呃……喂……星乃宮，這很不妙吧！」

「唔……是啊，你的判斷沒有錯。我從剛才就開始執行了能力所及的補救措施，但每一種手段充其量只能爭取時間。到頭來只是拙劣的治標不治本的手段。若是不排除『根本原因』，無論怎麼補救，ＥＵＣ都會崩毀……！」

「根本原因？……等等，妳是說這場『異常』不是單純的Enigma代碼不足，而是有『其他確切的原因』嗎！」

「那還用說……！我已經模擬了這個計畫好幾次、好幾次、好幾次！其中當然也試想過，因為某種理由，導致無法取得Enigma代碼的情況！『我說什麼都不可能讓秋櫻身陷這點程度的失敗，還有這點程度的「脫序」』！」

星乃宮以鬼氣逼人的表情拋出這番話，同時以超快的速度敲打鍵盤。

……經她這麼一說，我才發現確實如此。她祭出將雪菜視為電腦神姬的這種密技，就算不提這件事，「代碼不足」這種可能性，打從一開始就存在。星乃宮織姬不可能不會事先消除這樣的弊端。

然而現在依舊發生了崩毀現象。

也就是說——很明顯，不可能沒有某種明確的「理由」。ＥＵＣ裡肯定存在某種連星乃宮都預想不到的「負荷」。

「欸、欸……小凪，你還好嗎？你的手從剛才開始就微微發抖耶……」

我以曖昧的頷首回應不安的雪菜，並抬起沉重的右手，勉強抓著脖子。

快思考……快想像。星乃宮所說的「原因」，恐怕不是指單純的資料或物品。畢竟如今發生的各種事態，都像是要「把她逼進死胡同」，要把一切當成巧合，實在很牽強。我猜，八成有個和她敵對的意志介入其中了。

「不對，可是……這種事……」

——不可能發生。

沒錯。照理來說，這種事絕對不可能發生。如果動機是反抗星乃宮的話，或許有很多人都符合條件，可是能躲過站在斯費爾頂點（T.O.P）的她的監視，然後竊取ＥＵＣ的「人」，根本不存——

呃……嗯？

「……這樣啊，我知道了。這難道是……」

當我想到了一個可能性後，甩了甩因為長時間運作，而有些發熱的腦袋，輕聲呢喃……我猜應該就是「這樣」沒錯了。如果我的想像正確，「可以戲劇性地整頓這複雜情況的方法，就只有一個」。

「……呼……」

為了分散心中少許的緊張，我輕輕地呼吸調整氣息，同時看向放在講桌上的平板電腦。只見在那個以細薄螢幕隔開的ＥＵＣ世界正中央，穿著女僕裝的秋櫻依舊拚命地在奮鬥當中。

「嗨，秋櫻……啊——我跟妳說。恭喜妳了，兩情相悅。」

『……？呃……總覺得這聲音很有壞人的感覺，難道是夕凪？』

秋櫻說著，稍稍歪了頭……認出我是很好，但我的聲音有那麼像壞蛋嗎？像壞蛋的聲音是什麼聲音啦？不對，話又說回來了，妳剛才已經正常認出我了吧……？

見我一臉微妙地陷入沉默，秋櫻只是不悅地嘟著嘴。

『所……所以你要幹嘛？這種時候有何貴幹？我想你看了也很清楚，姊姊我現在很忙。不只世界慢慢崩毀，「奇怪的氣息」還一直在……所以我現在完全沒空理你啦！』

「這不是理不理我的問題啦……呃，奇怪的氣息？難道妳早就注意到這點，才會留在ＥＵＣ（那裡）嗎？」

『咦？嗯，那當然啊。對方想破壞姊姊大人的世界，是超沒規矩的人耶！所以我絕對要親手制裁！』

「……原來如此。既然這樣，就好說了——秋櫻，我『有件事想拜託妳』。」

『你有事想拜託我？……啊！是……是下流的事吧！不行啦！不管你再怎麼巧妙地誘導，還是逃不過姊姊我的法眼喔！』

「啥……什麼？完全不是好嗎？我想拜託的不是那種事，只是想叫妳——啊……呃……叫妳……就是……『現在這次就好了，把身體交給我吧』。」

『這個要求比我想的還要下流！你、你絕對不會只有「這次」對吧！我除了被人以超強硬的態度要求交出身體，對方還打從一開始就放話會「拋棄我」對吧！嗚……嗚嗚嗚～！夕凪果然是個壞孩子惡棍魔鬼猥瑣！笨、笨蛋！』

秋櫻聽完我說的話，迅速漲紅了臉，以跟平常一樣的誇張反應咬著我不放……但事實上，跟平常一樣的只有表面態度。她的動作和反應不太靈活，讓人覺得她現在已經連站著都很吃力了。

「受不了……妳果然已經很難受了吧？別這麼倔強，快點『換人』。」

『……換人？意……意思是跟你「交換身體」嗎？』

「對啦。我從剛才就一直叫妳『把身體交給我』不是嗎……好啦，妳不用擔心。既然那個『半覺醒模式』『擅自』發動了，就算內在改變，應該也會持續一陣子。『我對妳說的「奇怪的氣息」的真面目也有頭緒』。而且還有一件事。就算妳現在退出，世上也沒有人會說妳派不上用場啦。」

『唔……這……這種事不用你說，我也很清楚啦。我只是對你要用我的身體這件事，覺得有點……嗚嗚……』

「……啊……有這麼討厭嗎？」

『是不討厭啦，可是超難為——不對，當我沒說！我討厭，當然討厭。絕對討厭。我說什麼……說什麼都一定討厭，可是……』

說了這麼多之後，秋櫻陷入了短暫的沉思。她眼神閃爍，不時上揚又垂落，還會搖搖頭，彷彿鑽牛角尖似的。接著她不知道為什麼，突然害羞地開始介意裙襬，並用力拉起腿上的黑襪——最後……

『……「你有辦法嗎」？真的真的有辦法？』

「有。怎樣啦？還不相信我嗎？」

『那、那還用問！——我是很想這麼說啦……但現在應該沒這回事了吧。因為我本來覺得姊姊大人根本不可能會輸，結果你卻贏了。如果你是個惡棍，一定不是小惡棍，而是大惡棍。』

……所以……

所以我可以信你一回。

『真拿你沒辦法。就只有這次。這是為了姊姊大人——所、所以我大發慈悲准了！』

雖然秋櫻連在這種緊要關頭都用「假裝姊姊」的口氣說話，但她總算解除了垂水夕凪（我）的登入封鎖。

#

事情就是這樣，我隔了幾分鐘，再度來到ＥＵＣ的地下世界（Game Field）。

「——噢。」

我頓時全身感覺到一股異樣感……唉，想想也是啦。畢竟我在ＥＵＣ都是借用春風或鈴夏的身體，這絕對是我第一次和秋櫻交換身體。

我稍微低頭一看，由黑白兩色構成的荷葉邊女僕裝首先映入眼簾。而且因為身上流了不能說是一點點的汗，上半身——尤其胸口這一帶，衣服整個貼在肌膚上。

「……算了，這也無傷大雅啦。」

我對著空氣解釋道。

順帶一提，汗水沾濕的不只衣服，頭髮也一樣。額頭還有脖子都覆蓋在細長的頭髮下，光是用手撥開，就有一股清甜的香氣掠過鼻尖。

「呃……不、不對不對不對！」

我差點沉迷其中，於是不停搖頭想清醒一下，結果一股更柔和的香氣因此席捲而來，讓我又是一陣暈——做出這一連串宛如秋櫻會做的冒失舉動後，我決定重新觀察自己的身體。

……嗯。

我猜她的身高比春風還矮一點點。水平視野實在不能說能見度良好。此外還有一點完全無關的事——真的是完全沾不上邊的事——因為剛才做出的冒失少女行徑，現在裙子微妙地掀起，耀眼的大腿都露出來了。

這就是大眾所謂的絕對領域，不由分說地釘住他人視線的膚色地帶。

因為學校制服，照理說我應該已經見慣了，但不知道是因為女僕裝還是秋櫻容貌姣好，有股讓我不禁屏息的神聖性。

「這……這再怎麼樣，也太絕妙了吧……」

話雖如此——我也不能永遠盯著自己的腿看。我帶著告誡的意圖，清了清喉嚨，同時拉好掀起的裙子，然後單手拍了拍裙襬。我還順便輕輕擦拭因她經常跌倒而弄髒的部分。她的襪子、裙子、腰際、雙手、平滑的腹部……此外，在那還算有料的「胸口附近」也沾了些許髒汙。

「…………」

——不對。我這是在「清潔」。絕對不是我別有用心。

我得出這個結論後，緩緩舉起雙手，往女僕裝的胸口處——

『……欸，阿凪。你應該知道現實世界（這裡）看得到你在幹嘛吧？』

「好……好了。」

終端裝置傳出一道令人毛骨悚然毫無起伏的聲調，讓我在一瞬間端正姿勢。

我暫時不去想回去後將會遭受的報復，不斷拉扯著我的臉，同時轉換心態，重新環伺四周。

這裡是逐漸崩毀的幻想世界。我仰望灰暗的天空，用右手梳開染成紅紫漸層的頭髮，就這麼按住脖子。

——我會在這個時間點和秋櫻交換身體的原因，可以大略分成兩點。

第一，就像我剛才說的，秋櫻的精神力已經逼近極限。要是她再繼續修復世界，毫無疑問會立刻倒下。

接著……第二點，就是和星乃宮提及的「ＥＵＣ崩毀的根本原因」有關。也就是秋櫻說的「奇怪的氣息」。其實我對那個想占領這個世界的「人物」有點「頭緒」。

「──哎呀。」

當我思考到這裡的瞬間，看見下方的住宅開始應聲崩毀，我立刻轉身面對那裡。我只在腦海裡唸著「恢復」，崩毀便停止了，但一股驚人的虛脫感卻立刻席捲而來……啊啊，原來如此。這樣確實很難受。秋櫻居然可以在進行這種作業的同時，那樣跟星乃宮對嗆，我實在很佩服。

但我可沒那麼強。

我想我一定撐不了幾分鐘，所以決定「稍微用點小伎倆」。

「嘶……」

我大大吸了一口氣，半強制壓抑著秋櫻已陷入某種失控狀態的能力。

接著單手撥動垂落在側邊的中長髮。

最後我──竭盡所能地扭曲嘴角，狂妄地「對著空無一物的空中拋出這句話」：

「喂，『妳在吧』？妳都看到了吧？行啊，我可以好心聽妳把話說完。所以別躲著了，快滾出來吧──『電腦神姬』。」

#

……在短短的一瞬間，我感覺到地下世界整體的氣氛大大扭曲。

我不知道那是我的挑撥造成的，或者單純只是世界已經逼近極限。但無論是哪種，唯有在氣氛扭曲後，隨即產生的「某種異變」，是無庸置疑的事實。

一道輪廓模糊的白色光源──突然出現在我的眼前。

那異樣的光芒不管怎麼看，都不像自然生成的東西，它慢慢放大，最後迸開，周遭頓時沐浴在一片白光之中。光線太耀眼，我忍不住閉上眼睛，當我戰戰兢兢地再度睜眼，便看見陌生的「兩名少女」靠在一起，站在我的眼前。

「「…………」」

其中一人不悅地瞪著我，另一人俯視著地面，兩名少女就這樣好一陣子都沒有說話……此外，這點可能是我多心了，不過當她們現身的瞬間，我總覺得終端裝置傳出一聲微弱的恍然大悟的聲音，說著：『……這樣啊。』

先不管那是真是假──那名一臉不悅的少女最後往前跨出一步。

「……你好。本小姐照你的希望，立刻滾出來了，你又是哪位？」

少女微微歪著頭，拋出字字尖銳的話語。

她的外貌看起來跟我還有雪菜年紀相仿，如果不看那具攻擊性的「尖銳」態度，她美得幾乎讓人語塞。她的容貌兼具若干稚嫩的氣質，並給人一股成熟的印象，精緻得就像高級藝術品。另外，綁成馬尾的深藍色髮絲也呈現出她滿溢的活力與強悍的心性。

這樣的她，身上穿著配色高雅、類似「軍服」的打扮。那身同時滿足戰鬥時的機能性與時髦的穿搭，是一套讓人感覺到某種威嚴的服裝。從服裝非常貼合，沒有一絲多餘，以及她的舉止來看，可以知道她為人一絲不苟。但她的「雙眼卻與之成反比地黯淡，甚至到了不自然的程度」。

「…………」

我接著看向被她護在身後的少女。

另一名少女以學年來說，應該還只是個國中生吧。跟站在前方的少女相比，顯得較為稚嫩，不過也是個可愛到不真實的女孩子。

她有著白皙透亮的肌膚，加上白銀色的直髮，首先讓我想到「大家閨秀」這個詞——不過仔細一看，她身上穿的並不是洋裝，單純只是「套上一件鬆垮的襯衫」。為了不讓衣服滑下，到處都以皮帶固定，因此看起來就像「拘束服」。

她始終低著頭，讓瀏海蓋住臉，加上偶爾會嚇得抽動肩膀，給我的印象比較像「怯弱」和「虛幻」。

當我想到此處——

「喂……是你叫我們現身的，回句話行嗎？還有現在馬上停止用奇怪的眼神看她。否則就揍飛你。」

「咦？啊……好。不對，抱歉，我沒有那個意思。」

綁馬尾的少女以焦躁的語調拋出這席話，我只好急忙中斷觀察她們。我右手攀上脖子，企圖敷衍，並重新和她四目相交。

「那個……妳們肯出現，先讓我道聲謝吧……呃，兩位是……」

「咦？噢，名字嗎？本小姐叫未冬。未來的未，春夏秋冬的冬，未冬。然後她——」

「嗯……冬亞叫冬亞……打招呼——就不必了。」

見我語帶遲疑，她們兩人主動告知名字。不過那名較稚嫩的少女——冬亞，才剛說完自己的名字，便馬上低頭。我想應該是不想繼續跟我多說話吧。因此負責對話的人，是另一個人——未冬。

「——好了。」

這名未冬將雙手交叉在胸前，以充滿敵意的聲音，快速拋出話題。

「在進入正題之前，本小姐有個問題想問你。」

「問題？……先等等，在這之前——」

「如果你擔心崩毀，那大可不必。因為現在已經由本小姐控制住侵蝕，不會繼續惡化。嗯……假如你還是擔心，那就去問星乃宮織姬，現在是什麼情況吧。」

「這、這樣啊……如果是這樣，那就不必了。」

實際上，原本在體內亂竄的失控之力已經沒有剛才那麼猛烈了。我沒有理由要在這個時候與她莫名作對，拖延談話進度。

「所以呢？妳剛才說有問題要問我吧？」

「對，沒錯。說是問題，其實『疑問』應該比較正確……本小姐問你，『你看穿這場「襲擊」是電腦神姬引起的根據是什麼』？我們好歹是祕密進行這個計畫的。」

未冬右手扠腰，完全不隱瞞自己對敵人的不信任感，開口詢問道。

見狀，我輕輕點了點頭，中長的髮絲也隨之晃動。

「噢，關於這件事，其實理由很單純——追根究柢，世上可說是無人能在技術上贏過連那個天道都敬畏的『貨真價實的天才——星乃宮織姬』。至少在我知道的範圍內，不存在這樣的人。所以照理來說，要陷害斯費爾是不可能的事。『但如果是Enigma代碼』……如果『星乃宮唯一斷定那是「未知」存在的代碼牽涉其中』，那就不無可能了。

所以我才想到，「這場『襲擊』的犯人是電腦神姬」。

從跳號的數字來思考——應該就是三號機（Code Gamma）和四號機（Delta）了吧？」

「唔……！哈……真有一套。『異端者（Irregular）』這個名號不是叫假的。」

儘管未冬不甘地咬著嘴唇片刻，最後還是肯定了我的話語。接著彷彿要壓抑內心的焦躁，甩了兩、三下頭，老實做出以下補充：

「順帶一提……我們幾乎算是同一個時期製造出來的個體，先後順序其實就跟誤差一樣。以序號來說，本小姐是三號機。四號機是冬亞（這孩子）……但你也不需要記住啦。」

「拜託……這點小事正常人都記得住啦。」

三號機「未冬」，四號機「冬亞」。換句話說，我這樣就算是見過所有電腦神姬了。剛認識春風的時候，我完全沒想到居然會和她們結下這麼深的緣分……這讓我深深覺得世上真的有神奇的因緣。

未冬遠遠地看著我，並靜靜吐出氣息，不著痕跡避開心中的感慨，再度開口：

「唉……事情變得有夠麻煩。既然你看穿了這麼多，也一定知道『動機』是什麼了……哈，既然這樣，現在賣關子也沒用了。

本小姐就告訴你吧——這是『復仇』。這是『我們兩個人對斯費爾的復仇』。」

「……復仇？」

「對，就是復仇。因為……喂，如果是你，應該知道吧？『斯費爾創造出來的電腦神姬，通常都是些什麼下場』。」

——我知道了，原來如此。這我的確很清楚。

當然並不是所有電腦神姬都會如此，事實上，秋櫻應該就是例外……但她們這些蘊藏著荒唐可能性的「電腦神姬」，往往「受到管理者殘酷的對待」。就像春風和鈴夏以前那樣，「自我遭到否定，被人惡用」。

「……意思是妳們也一樣嗎？」

「哈……你說呢？搞不好比你剛才想像得還要糟糕喔。畢竟我們的能力和其他電腦神姬不一樣，『只能用在為非作歹上』。我們平常就被當成垃圾，弄到連慘無人道這個詞都顯得很可愛。」

「………」

「可是就算這樣……就算我們那麼痛苦，像你這樣的救世主（Hero）卻沒有出現在我們面前。所以我們『決定自己想辦法』。我們死命思考，死命努力，死命反抗……雖然一開始完美失敗了。」

「一開始？呃……這是什麼意思？」

「哪有什麼意思，就字面上的意思啊。『我們一年多前，也像這樣攻擊過斯費爾』……不過當時沒能成功。我們被星乃宮織姬阻撓，結果復仇計畫卡在一個不上不下的地方被迫『宣告結束』。」

「呃……！」

我聽了她的話後，稍微瞪大了眼睛，並看向終端裝置。隨後，現實世界的聲音晚了一拍傳來：『……那是事實。特例代碼E1指定，內部名稱為「災厄之冬（Winter Fear）」。別說不上不下，那根本是斯費爾史上受害最大、最慘的攻擊事件。』

未冬漫不經心地聽著，諷刺般地扭曲嘴角繼續說：

「本小姐和冬亞是那個事件的主謀，所以被監禁了好一陣子。被關在連不上網路、像監牢的終端裝置（伺服器）裡，一直、一直……被關到簡直要瘋了。不過這次『終於被我們逮到機會了』。」

「機會……？該不會是——」

「——『ＥＵＣ』。沒錯，就跟你想的一樣。本小姐是不知道她要征服世界還是幹嘛，但她就是『要Enigma代碼』吧？如果是這樣——如果她還有意『使用』我們，那當然不能把我們丟在沒有任何迴路的裝置裡嘛。」

「咦！不、不對……又不是只要有網路，都能無條件逃獄吧？」

「哈，也不盡然啊。本小姐剛才也透露了一點，我和冬亞擁有『被詛咒的能力』。是一股正好『適合用來作惡』的能力。只要對手不是星乃宮織姬或天道白夜，就沒人攔得住我們。」

說實話，到目前為止，也真的沒陷入什麼苦戰——未冬以黯淡的眼神笑道。

「反正簡單地說，『這是』我們的『第二復仇計畫』。我們被抓已經過了一年以上，多得是時間策劃。我們確認了好幾次，確保這次絕對不會失手。所以這次……『這次一定要毀了他們』。

為了避免以後還會有其他電腦神姬出生，嚐到跟我們一樣的苦楚。

為了避免斯費爾利用電腦神姬為所欲為。

我們要——毀了這一切。」

「……嗯。」

未冬堅定地說完，冬亞也抬起頭來回應……這兩名彼此依靠的電腦神姬，因斯費爾孕育而生，因斯費爾受盡傷痛，如今卻「揚言要毀了斯費爾」。她們心中憎惡的奔流非常湍急，讓我感到有些呼吸困難。

然而——這時候，未冬周遭的氣氛突然驟變。

直到剛才為止的尖銳已經消散，她以有些熟稔的表情對著我笑道：

「可是啊，會在這裡遇見你，搞不好也是一種僥倖。」

「啊……？拜託，怎麼會扯到僥倖啊？」

「怎樣？想裝傻嗎？哪有為什麼？你不是一直站在『反斯費爾』的立場上嗎？」

未冬說完，踏出喀喀聲響的規律步伐，朝我走過來。她來到我的眼鼻前方，稍稍歪著頭，晃動深藍色的馬尾，接著微微彎腰，以抬著頭由下往上看的姿勢窺探我的瞳孔。

「喂——『能幫個忙嗎』？其實本小姐放了一點『病毒』在這個世界裡。那是我的『被詛咒的能力』……和Enigma代碼有關的特殊病毒，所以連星乃宮織姬也無法輕易阻止。不過呢，只要有你在，我們的復仇就會更無懈可擊。」

「……只要有我？」

「對。難道你不懂嗎？只要你站到我們這邊，就等於『從斯費爾手中，搶走了所有電腦神姬』。斯費爾失去Enigma代碼，就再也做不出新的地下遊戲，加上只要把現有的遊戲全毀了……對吧？你看，這麼一來，惡名昭彰的地下斯費爾就會『完全毀滅』。」

「唔……！」

未冬以宛如惡魔甜美的低語般熾熱的聲音，對我挑明這個計畫。她同時伸出修長、美麗的右手。那雙看著我的黯淡雙眸，彷彿正毫不留情地蠱惑我，不斷拉攏著我。

「…………」

不過——是啊，也對。未冬想毀了斯費爾的這個心願，對我來說，沒有任何弊端。我討厭天道，討厭月詠，討厭星乃宮，總括來說，就是不喜歡斯費爾。沒錯，就是這樣。沒有任何不妥。我看我純粹是對「復仇」這個攻擊性字眼卻步，仔細想想（沙——），我根本沒有理由（沙沙——）不和她聯手——

「——哎……這是『怎樣』啊？從剛才開始一直很吵。」

這一瞬間，突然入侵思緒的煩人「雜音」，讓我下意識道出抱怨。隨後，一直到剛才都籠罩著模糊視野的霧靄一口氣消散，眼前變得清晰開闊。差點墜入深淵的自我就這麼被強制拉起。

同時——我這才注意到終端裝置傳出這樣的聲音。

『你……你不能被她騙了……！夕凪，你很清楚吧？姊姊我相信你喔……欸……欸，真的不行喔。不可以跟著陌生人走喔……因為、因為那裡是姊姊大人重要的世界啊。所以……不行啦。

真的不行……不行的事就是不行啦，夕凪…………算我求你了……』

「…………是啊。」

原來如此，是這麼一回事啊。

從秋櫻近乎哀號的懇求聲（只可惜是我的聲音）來判斷，我剛才似乎是在看了末冬的視線後，被她拐走了大部分的意識。我不斷左右搖晃著自己的頭當作道歉和感謝，接著將雙手交叉在胸前。手邊頓時傳來一股柔軟的觸感——但先不管這個了，為了恢復冷靜，我閉起雙眼。

……確實。以我個人而言，確實沒有什麼和末冬她們的復仇計畫作對的理由。這點跟我剛才所想的相同。我沒有異議。

但反過來說，「秋櫻在這個無論輸贏，都會吃虧的EUC中，還是想盡辦法為勝利奔走，如果要她再受到更大的傷害」——該怎麼說呢？這也未免太剝削人了。我無法容忍這種事。我一點也不想看見她哭泣的模樣。

而且……追根究柢，我覺得自己「不能隨波逐流」。

「——啊？」

下一秒，我看見站在離我不遠處的末冬，微微瞪大雙眼……唉，想想也是啦。畢竟她都基於善意，伸出手挖角擁有相同志向的同伴——也就是我——了，「我卻輕輕揮開了她的手」。

接著——

「未冬，我問妳……剛才這下能當成我的回答嗎？」

我對著僵在原地不動的她說出這句答覆，嘴角同時嘲諷地上揚。

我這樣——當然是「明確表明了我要拒絕她們的挖角，與她們對立」。

「什……！」「…………啊……」

『～～！夕……夕凪你好帥！姊姊我一直、一直都是相信你的！』

相較於秋櫻開心地喝采（只可惜是以下省略），未冬卻是慌了手腳，大大退了一步，冬亞則是失落地低著頭……我猜對她們來說，我「不幫忙」就算了，卻怎麼也沒想到我會「與之對立」。而這個失策也確實很「要命」。

因為現在的我——也就是秋櫻持有的能力是「干涉地下世界的能力」。

即使無法完全阻止未冬她們縝密的計畫，要打亂至少還是辦得到——這股能力就是強到這種程度。

「唔……為、為什麼啊！你為什麼要保護斯費爾！」

未冬不顧一切地在我眼前甩下一隻手，並發出大叫。

「這太奇怪了吧！你根本沒有任何理由幫斯費爾！如果是毫不知情的局外人就算了，你明知電腦神姬（我們）的一切境遇，為什麼還能跟那種敗類站在一起啊！你說啊！」

「……這我自己也不是很清楚。說實話，如果妳們要我確實說出一個理由，那真的很難。不過……不管怎麼樣，我已經決定要站在這一邊了。」

「你……該死……！嘖……算了。就算你不幫我們，也只是多費點工夫而已。反正EUC已經幾乎被侵蝕光了，既然這樣，我們只好來硬——」

「——不行！」

「咦？……冬……冬亞？」

「不行。不能……這樣啊，未冬姊姊。」

一邊從旁緊緊揪住未冬阻止她的動作，一邊小聲以哀傷的音調重複同樣話語的人——是冬亞。然而未冬一時間還聽不懂那句話的意思，眼神透露出驚恐和混亂。

「什……什麼不行……妳是說不能忽略垂水夕凪（這傢伙），繼續進行計畫嗎？這是為什麼啊，冬亞？」

「……因為……」

「噢，沒關係，我來解釋吧……聽好了，我是不知道按照妳們的原定計畫，事情會變成什麼樣子，不過我——應該說『電腦神姬一號機絕對不會放棄這個世界，自己登出』。就算我夾著尾巴逃走，秋櫻直到最後都不會放棄。所以『當我拒絕幫助妳們的那一刻，妳們就已經無法破壞這個世界』了。」

「……啊？你在說什麼啊？怎麼可能破壞不了——」

「妳確定？那我反問妳……『破壞掉好嗎』？要是現在ＥＵＣ毀了，『巴著這個世界不放的秋櫻也會一起被消滅』喔。妳們為了自己的復仇計畫，犧牲了只想保護這個世界的秋櫻，難道心裡不會有感覺？如果真是這樣，那『妳們和折磨妳們的那幫人到底有什麼不一樣』？」

「唔——————！」

未冬到此終於明白我的行動有什麼意圖，她咬著下唇，整張臉扭曲不堪……我也覺得我這番話很卑鄙。可是我只想到這個方法，能讓滿腦子只想著復仇的她們冷靜下來。

「…………」

我偷偷移動視線往旁邊看去，只見冬亞的表情遠比未冬還要冷靜。冬亞阻止未冬的時機很完美，看樣子打從我和秋櫻交換的那一刻起，冬亞或許就料到事情會變成這樣了。

總之未冬首先摸了摸冬亞的頭，接著以滿是憎恨的眼神對著我。

「嘖……好，現在本小姐很清楚了。你毫無疑問也是我們的『敵人』……所以呢？說這麼多，你到底想幹嘛？就像本小姐剛才說的，病毒已經安裝在這個世界了。再來只要本小姐停止壓制，這個世界就會自動崩毀……哈，你該不會要跟本小姐說，『白白送上一條命』就是你的希望吧？」

「那還用說嗎？就算不是『白白送死』，我也不想死啦……我想想……」

我暫時閉口不語，抬起纖細的右手撫摸脖子。然後開始靜靜思考……但不管我想到什麼，這個狀況還是一樣難解。雖然有不少疑點讓我在意，我還是「只能先爭取時間，否則一切都免談」。

「不然啊——『來玩一場遊戲吧，妳們兩個一起』。」

「……啥？」「遊……遊戲……？」

「對，遊戲。用斯費爾的話來說，就是地下遊戲吧。只要能分清楚誰輸誰贏，其實要玩什麼，我都不介意。這裡是ＥＵＣ的地下世界，妳們是電腦神姬，而我雖說不是出自自願，卻是地下遊戲的常客。條件這麼齊全，不玩遊戲才奇怪吧。

大致的規則如下：

首先妳們要用從斯費爾那裡搶來的地下遊戲管理系統，從頭設定遊戲內容。要弄得多地獄級都沒關係喔。而且也不必講求公平。畢竟只要捨棄『不想犧牲秋櫻』的堅持，妳們隨時都能贏。這點小事我就當成放水吧。

『要是我輸了那個遊戲，我就會立刻滾出ＥＵＣ』。妳們可以無憂無慮完成報復行動，如果需要，要我幫忙也行。

不過相對的——『要是我贏了，妳們就要徹底放棄復仇。我要妳們發誓永遠不會再做這種事』，也會要求妳們全面解除侵蝕這個世界的能力。」

「…………喂，你傻了嗎？這種條件根本沒人保證會遵守。如果只是口頭約定，有或沒有都沒差……哈，你該不會以為這樣就算交涉吧？」

「不，這不會是口頭約定。因為這裡可是『ＥＵＣ世界』耶。如果妳們願意參與遊戲，只要直接把剛才說的內容設定成『追加規則』就行了。」

「啊…………嘖，的確是這樣。」

未冬別過頭，避免我看出她的表情，同時吐出不悅的話語。

不過……實際上，這「對她來說」，不是個多糟的提案。如果她還要繼續強硬取得勝利，一定會波及到秋櫻，但相對的，只要肯參與遊戲，就能「保有正當理由，繼續執行復仇計畫」。而且還是在相當有力的狀況下。

未冬思考了半晌——最後像是死心了一般，嘆了一口氣說道：

「除了點頭，沒別的選擇了……好啦，知道了。雖然本小姐沒有半點想玩遊戲的心思，但就『被你挑撥這一次』吧。反正沒差。在星乃宮織姬抵抗的期間，病毒的侵蝕也不會停止，而且『遊戲難易度要多地獄級都沒差』嘛。

哈……要是你後悔說出那句話，可不關本小姐的事。」

融合了正負陰陽……等各種情感的聲音就這麼逐漸消融在ＥＵＣ晦暗的天空中。

在那片天空下，我——

「…………」

不知道為什麼，莫名在意冬亞始終低著頭的那張表情。

#

在她們兩人建構遊戲的期間，我決定暫時回到現實世界。

教室內的模樣和剛才大相逕庭。眾人將映著ＥＵＣ世界的裝置（平板電腦）從講桌移到別的桌子上，春風和雪菜搬來椅子，圍在那張桌子旁。她們還相當周到地把我的手機立在旁邊，我看見鈴夏在裡頭坐立難安的樣子。

此外還有一件要特別挑出來說的事，那就是星乃宮的作業環境。

「……嗚哇……」

在我登入前，她只用手邊有的機器設法修復ＥＵＣ，但那也已經是遙遠的過去。現在教室後方的一隅，已經演變成宛如要塞的空間。

我大略掃過一眼，就看到有兩台最新型的薄型筆電、三台連接著超大型ＨＤＤ而且壓迫感滿點的桌電，以及一台為了映出秋櫻而拿來的高畫質螢幕，總共六台機器。這些傢伙（？）正發出呻吟，奮力工作中。

我見狀，自然萌生了「這些東西是從哪裡冒出來的？」這個新疑問——

「呼……呼啊……呼啊……呼——真……是的……居然讓室內派的我跑成這樣，太過分了。嗚嗚……我站不起來了……我想沖澡沖到爽……」

——但當我看見倒在腳邊的瑠璃學姊，疑問就立刻解決了。

對……對了……學姊好像說要去拿維修用的機器，稍早就出去了。雖然不知道她跑去哪裡，想必是一場重度勞動。

「學姊，辛苦妳了。還有……謝謝妳。」

「嗯？……噢，是你啊。剛才回來的吧？」

「對。其實我想趁現在確認幾件事。」

學姊倒臥在地上，我單膝跪在她身邊，一邊看著她的臉，一邊這麼說著。學姊緩緩舉起右手，手背放在滿是汗水的額頭上，可以看見藏在帽兜下方的嘴角微微上揚……但也就這樣了。看來她已經沒力氣跟我打哈哈了。

「呃——阿凪？你是阿凪嗎？」

就在這個時候，原本一臉認真看著平板電腦的雪菜，大概是聽見我和學姊的對話，迅速從椅子上站起，椅子還發出「喀噠」聲響。我反射性朝她的方向看去，只見她那粉色的腮幫子很明顯塞滿了不滿，已經大大鼓起……對了，我這才想起她剛才還在氣我想摸秋櫻的身體。

其實我也知道這招沒用，但還是姑且解釋一下。

「呃……雪菜，那是……妳誤會了啦。我之前也稍微提過吧？剛交換身體之後，為了確認身體的感覺，一定要那麼做才行……」

「……嗚……」

「嗚？」

「啊……不……我……沒什麼！阿……阿凪，你現在沒時間了吧？那就要快點才行！你想解釋的話，以後我一起聽就是了！」

雪菜莫名快速說完這句話，接著別開視線。

現在是等待時間，其實沒什麼好急的啊——當我歪頭想道，坐在雪菜旁邊的春風將雙手闔在她的臉前，輕輕露出微笑。

「嘿嘿嘿，你誤會了，夕凪先生。」

「嗯？誤會什麼？」

「雪菜小姐一開始確實很生氣……可是自從你『回到平常那副模樣』，她也漸漸認真盯著螢幕看了……我想她的怒氣一定已經因為你的帥氣，不知道飛去哪裡了。」

「唔耶！妳……妳妳妳妳在說什麼啊，春風！事到如今，我不可能看阿凪看到入迷吧！根本不可能吧！是、是妳多心了，多心了！」

「咦？是這樣嗎？可……可是當我說『夕凪先生好帥……！』的時候，妳好像也說了

『嗯……是啊，只有這種時候帥』這樣——唔咕！」

「暫、暫停，春風！呃……這個……對了，買東西！欸，春風妳也肚子餓了吧！我們一起去超商吧，超商！」

「咦？啊……好！那……那我跟妳一起去……？」

雪菜滿臉通紅地抱緊春風，並（物理上的）打斷她的話，然後拉著她的手，將人帶到教室外。我能看到在手機中的鈴夏不懷好意地笑著，但實在太麻煩了，我索性不管。為了達成我回到現實世界的主要目的，我提起腳步來到星乃宮身邊。

教室後方的角落被最新型數位機器所包圍……在這樣一個地方裡，她不斷發出敲打鍵盤的聲音，感覺就像想磨平鍵盤似的。她那銳利的視線不停在複數螢幕間來來去去，讓人猶豫是否能出聲呼喚她。

但我這樣的憂心似乎是多餘的。當我站到她身旁的瞬間，星乃宮不斷移動的視線突然一撇捕捉到我的身影。她接著緩緩開口：

「長話短說吧——首先讓我聽聽你想問什麼？」

「咦？……話說回來，妳現在是能說話的狀態嗎？」

「稍微。如果你問我現在有沒有餘力，我只能回答完全沒有，但就算這樣，如果因此不給你必要的情報，難保不會成為未來的致命傷。」

星乃宮沒有放慢敲打鍵盤的速度，語氣平淡地拋出這段話。冷峻的表情已經浮現些許急躁，但她所說的意見非常正確。

「那我就不客氣地問了……先說說現在整體狀況怎麼樣吧？」

「好——現在EUC全境都被一種特殊的病毒程式影響。病毒詳情不明，不過根據剛才的對話來判斷，可以推測是電腦神姬三號機的能力所導致。麻煩的是，普通的防毒程式完全沒有效果。」

「對了……未冬好像也說過，這個連妳都沒辦法輕鬆防堵。那妳順便說一下，這個病毒具體來說是什麼東西？」

「具體嗎……很遺憾，那兩台電腦神姬的製造者本來就分別祕密運用她們，所以我也不是很清楚詳情。『災厄之冬』——她們稱作第一次復仇計畫嗎？根據當時收集到的情報，姑且可以肯定那種病毒擁有類似單純『破壞指定對象資料』的效果。不過攻擊範圍可以任意指定，比方說她可以『只破壞防護程式，奪取管理系統』。」

「……原來如此。」

她就是用這種手法，先支配EUC，再擊退星乃宮的干涉，慢慢讓世界崩毀。我們現在還未窺見冬亞半點能力，這點讓我很介意，不過光是未冬的能力就給我十分凶惡的印象了。也難怪會用「被詛咒」來形容了。

「沒錯。因此『現狀非常趨近走投無路』。」

星乃宮瞪著螢幕，靜靜地往下說：

「現在是因為要跟你交涉，她才會控制著病毒，即使如此，EUC的侵蝕率也已經超過80%。假設遊戲開始的瞬間，病毒就會重新開始侵蝕……我想『EUC頂多只能再撐七十二個小時』。」

「頂多七十二個小時嗎……這是相當嚴峻的數字。」

「是啊……這是我的責任。上次事件（Winter Fear）時，她們已經發揮電腦神姬最大的性能，給予斯費爾極大的打擊。所以公司才會徹底監視她們……既然是我容許她們再掀起爭端，現在說什麼都只是藉口。」

星乃宮以自懲的口吻這麼說著。我不清楚她們口中的上次事件，所以也不能說什麼，不過星乃宮身為這兩件事的當事人，應該是感觸很深吧。她的神情看起來已經走投無路了。

因此——其實也不能這麼說，總之我決定稍微改變話題。

「對……對了，我還有一件事想問妳，星乃宮。是關於秋櫻……她在跟我互換之前，『連續使用能力十五分鐘』吧？之前明明早就累倒了，那到底是什麼原理？」

「噢，這件事啊？其實只是單純『在危機下』，秋櫻的『地下世界干涉能力』因此提升罷了。因為那原本就是用來建構、修復世界的能力，越是被逼急了，就越能發揮近乎最大值（Max）的能力。」

「是喔……啊，難道說，明明處在覺醒狀態，卻還留有意識也是因為這樣？」

「對，這是同樣的道理。實在是很棒。」

「……很棒？呃……不對，妳在說什麼啊？」

「當然是在說秋櫻啊……既然覺醒還保有意識，就代表即使頭髮和眼睛變紅，內在依舊是秋櫻喔。她正常覺醒時的言行舉止會脫離秋櫻的人格，感覺曖昧不清，可是如果留有意識，那就另當別論了。感覺就像稍微換了個形象吧。沒錯，那樣實在很可愛。而且人家不是常說嗎？與其凡事做得滴水不漏，不如稍微冒失一點，比較得人疼——順帶一提，你也這麼想吧？」

「我、我嗎？這該怎麼說呢？應該是不予置評……妳好可怕好可怕！妳的眼神很可怕耶！」

星乃宮不惜停下手邊的作業，整個人湊到我面前，我只能一邊壓著她的肩膀，把人推回去，同時發出慘叫……她是認真的。她那雙眼神是目前為止最認真的模樣。受不了，她未免也太喜歡秋櫻了吧……

唉，現在就先不談這個了。

『欸——你有沒有聽到啊，垂水？很抱歉，你們正在興頭上還來打擾，不過「好像在叫你嘍」。』

緊接著下一秒，鈴夏無奈的聲音就這麼直撲耳際。

#

『the Game with Revengers Alteration——簡稱GRA：規則概要。』

『玩家【垂水夕凪】需「連續參加以下三種『變動遊戲』」。』

『這裡所謂的「變動遊戲」係指由遊戲管理者【末冬】或【冬亞】「任意變動」斯費爾股份有限公司所持之地下遊戲「Rule Of Casters」、「Selector of Seventh Role」以及「E.x. Unlimited Conquest」。』

『玩家的勝利條件為，在限制時間內，攻略這三個變動遊戲。』

『然而——「這三種遊戲已被設定成按照常理不可能破關」。』

『基於上述條件，在變動遊戲中，「電腦神姬一號機【秋櫻】的能力可以有限制地解放」。換句話說，玩家【垂水夕凪】在「各個變動遊戲中，擁有各使用一次『地下世界干涉能力』的權限」——』

「…………」

當我一登入EUC，便看到眼前的大字——以終端裝置的投影功能，映照在半空中的文字

——我一邊看，一邊默默整理了好一陣子的思緒。

遊戲正式名稱「the Game with Revengers Alteration」。簡稱「GRA」。

大略統整未冬她們準備的遊戲後，內容如下。我要「再次攻略」以前成功破關的地下遊戲「ROC、SSR、EUC」。但這些遊戲在未冬和冬亞經手後，已經大幅「更動」，如果只用正常手段攻略，不管怎麼努力，都不可能破關。

所以她們允許我在各遊戲中用一次秋櫻的「地下世界干涉能力」，依序攻略這三個「變動遊戲」……大概就是這樣吧。

我將狀況整理至此，抬起頭來，站在正面的未冬馬上開口：

「哈，你真的很快就進入狀況了。不過本小姐還是姑且補充說明一下吧。」

「……呃，補充？」

「對……喂，你幹嘛愣著一張臉啊？本小姐有說什麼奇怪的話嗎？」

「啊，沒有，不是啦……我還以為妳們的導覽會做得更隨便。」

「啥？為什麼要那樣？我們的確還沒接受事情變成這樣，但就算這樣，還是決定接受你的挑撥(遊戲)了。既然如此——我們就會順著規則打敗你。」

這樣合情合理吧——未冬拋出這一席光明磊落的話，以充滿敵意的眼神瞪著我。見我依舊保持沉默，她似乎也沒了耐心，逕自往下說：

「聽好了。首先，寫在這裡的『限制時間』，是指『遊戲開始後的七十二個小時』。只要你能在這段時間內破關，本小姐的能力就會自動解除。本小姐是姑且配合了星乃宮織姬算出來的『EUC崩毀預測時間』……不過萬一世界早一步完全崩毀，到時候遊戲就算結束了。你可別怨本小姐。」

「……沒差，這是當然的。我不會有怨言。」

要是EUC崩毀，未冬她們的復仇就算完成了。根本沒有繼續玩遊戲的意義。

「那就好。接下來——本小姐要說說關於能力的事。就算互換身體了，也不代表你能自由使用一號機的能力吧？所以在遊戲機制上，我們把地下世界的你和現實世界的秋櫻，做成了『模擬連接狀態(sublink)』。只要你釋出使用能力的意願，就會傳到她那邊，其實就像藉著兩副身體，『間接』干涉世界。但如果你交換身體的對象不是秋櫻，倒是另當別論。」

「嗯……也是啦，這樣的確比較妥當。」

「……你的反應讓人看了真火大……唉，算了，接下來是具體說明。

當你進入每個變動遊戲時，你將會在『某個特定狀況下』開始進行遊戲。你不是從遊戲開始的瞬間開始進行攻略，因為我們在遊戲中加入已經進行了一段時間的『假歷史』……這樣你有聽懂嗎？」

「嗯，大概懂。」

聽到「假歷史」或許會覺得很誇張，但簡單來說，只要想成我第一次參加ROC時的狀況就行了吧。換句話說，我是「中途參加」……不對，如果以更貼切遊戲的說法，就是「用別人的紀錄開始冒險」。

當然了，這是對我不利的設定……但這也沒辦法。

「──我到此為止都沒問題。還有嗎？」

「當然還有。其實這些規則，本小姐是覺得都可以歸類在規則內的『變動』……但我不想事後聽你抱怨本小姐卑鄙，所以還是跟你說清楚。

第一，在GRA中，每個遊戲都會有一個『刺客角色』，他們是擁有特別設定的玩家。其實也沒有必要打倒他們，不過為了妨礙你，我們賦予這些人超高規格的能力。要是不想失算死掉，記得好好留意這些人啊。」

「…………」

「還有一點。」

我的表情因為「刺客角色」這個麻煩的存在蒙上陰影，但在我眼前的未冬卻不等我消化，直接開口。面對那道令人心慌的聲調，我忍不住扭曲自己這張楚楚可憐的臉龐。

「居然說還有……到底還有多少啊？」

「啊？怎樣啦？不是你說我們可以自訂規則的嗎？」

「嗚……唉，是這樣沒錯啦。」

我連藏住自己內心的無奈都辦不到，只能勉強擠出一絲肯定。

未冬像在嘲笑我的反應，只見她露出得意的笑，嘴角也往上揚。

「哈，回答得好。不過你放心吧，這是最後補充了。不過也是最重要的一點——注意聽了。在GRA中，除了基本規則以外，還有幾個『沒有公開的隱藏規則』。這些規則統稱『禁止事項（Trap）』。只要違反其中一條，二話不說就確定敗北（Retire），所以本小姐勸你要謹慎行動。」

「…………啊？等……等一下。妳該不會連內容是什麼也不說吧！別開玩笑了，妳這樣根本可以事後在背後任意操作——」

「本小姐才不會幹那種卑鄙的事。不信的話，你可以像剛才那樣，用EUC的『追加規則』限制本小姐……但不管怎樣，你都沒有否決權不是嗎？如果你說什麼都不要，要我們算不戰而勝，結束這場遊戲也行喔。」

「……唔……」

我輕咬著柔軟的唇瓣，微微點了頭……不行，我原本就站在壓倒性不利的位置，現在也只能讓步。

不過——

「（雖說我有秋櫻的能力，還是必須在七十二小時內攻略所有用正常方法絕對無法破關的三個地下遊戲……而且還是在背負著好幾個連內容都不知道的禁止事項的狀態下？這種事——真的辦得到嗎？）」

我的腦海裡不禁閃過負面思考……簡單來說，我接下來要玩的遊戲，是「不知道會受到什麼限制的的束縛玩法」。我面對各種場面時，必須慎重行動，可是ＧＲＡ還有時間限制。七十二個小時聽起來很久，但要是不繃緊神經，一下子就過去了。

「哈……知道這麼多就夠了。」

「…………很夠了。」

未冬微微揚起嘴角，滿意地點了點頭，至於冬亞還是一樣在她身後低著頭。

未冬以黯淡的眼眸盯著我看，並溫柔地牽起冬亞的手——接著將她們兩人交疊的雙手伸到我的眼前說：

「那麼遊戲導覽到此結束。二十秒後，本小姐會把你傳送到第一個要攻略的地下遊戲裡，時間從那一刻開始，就會倒數計時，病毒也會繼續侵蝕世界。遊戲名稱是ＧＲＡ——你要靈活運用地下世界干涉能力，攻略三個變動到無法破關的遊戲，而且裡頭還有滿滿的禁止事項，並與時間賽跑。

事情就是這樣……為了本小姐和冬亞，就『拜託你盡量早點棄權』吧。」

——在這句話尚未確實進入我的耳中時，我的視野便開始轉暗。

『ＥＵＣ世界現在侵蝕率：81・3%。』

『因特殊病毒導致世界崩毀／直至ＧＲＡ（遊戲）結束的時間限制：七十二小時。』

『the Game with Revengers Alteration——開始（Game Start）。』

第二章 Rule Of Casters

CROSS CONNECT

♭♭——I

夠了，我受夠這一切了。

「唔……」

在這個用盡手段也出不去的牢籠般的空間（伺服器）中，有個散亂著一頭深藍色長髮的少女癱軟地坐在地上，背部靠著身邊的牆壁。

厭惡。痛苦。想逃跑。想消失。但就連這點都辦不到。

乾脆就這樣閉上眼睛，陷入永遠不會甦醒的沉睡之中算了——當她心懷這個有些自暴自棄的想法時——

「……有人……在嗎？」

在這個理應只有她一個人的地方，突然傳出一道細小的聲音。

那是個赤腳走來的嬌小人影。對方戰戰兢兢地邁步，所以還看不見臉，不過勉強可以看見那頭白銀的頭髮散發出細微的光輝。

「妳是……」「咿嗚！」

她心懷困惑、忐忑、混亂，同時想必還有一絲絲期待。

——這就是她們兩人的邂逅。

#

視野瞬間轉暗。

當視野再度開闊，我已身處於和剛才完全不同的地方了。

「這裡是……」

我下意識發出呢喃——但並非涉足完全陌生的土地。應該說，這裡是我的老家。是我住了十七年的城鎮，是稍微離車站和學校等稍微有點距離的住宅區。此外，這裡和我剛才身處的EUC世界有個很大的不同，那就是「喀啦」作響的崩毀聲已經完全靜止。

這裡也沒有在EUC的世界常常感受到的晦暗感，是個會讓人和現實世界搞混的『地下世界』。

「——ROC……嗎？」

我帶著些許懷念喃喃說道。

同時我也把注意力放在從現在的我嘴裡發出的「秋櫻」的聲音。為了確認，我將視線往下，看見一席黑白雙色的可愛女僕裝，以及已經恢復成原本色彩的淡紫色中長髮。

看來我在ＲＯＣ不是以春風或鈴夏的身體參加，而是秋櫻。

另外——雖然晚了點，我還注意到一件事。

「奇……奇怪？……我為什麼會在這種地方？」

穿著純白連身裙的春風不知何時站在我的身旁。

她眨了眨清澈的碧眼，金色柔順的髮絲不斷飄逸，看起來是個楚楚可憐的少女。她原本是和雪菜她們在教室待機，卻突然被強制登入這個世界，看起來一時之間尚未進入狀況。

春風移動視線，左顧右盼，好像在找誰……然後當她看見我，頓時開心地展開笑顏。

「哇……！呃，你是夕凪先生對吧？我沒有認錯人吧？」

「呃，對……我是夕凪……搞什麼啊？春風妳怎麼這麼興奮？我們又不是久別重逢。」

「嘿嘿嘿，對不起，夕凪先生。雖然現在情況嚴峻……我還是覺得有點開心。」

「……開心？」

「對！——因為這個世界（這裡）是ＲＯＣ對吧？這裡是我和夕凪先生第一次見面的地方。對我來說，是有著非常珍貴回憶的場所。而且……嘿嘿嘿，現在和之前玩遊戲時分隔兩地不同，我能

『像這樣跟你在一起』。」

「唔……！」

春風的口氣顯露出她打從心底感到幸福，接著嫣然一笑。面對她如此直接的心意，我只能別過臉敷衍她，搔了搔平滑的臉頰。但我這點小花招根本是做心酸的，因為我從那隻纖細的指尖所碰觸的臉頰處漸漸感受到了溫度。

「總——總而言之！」

因此我誇張地擺動雙手，硬是改變話題……這該怎麼說呢？就是那樣啦。現在的我不是那個乖僻的垂水夕凪，而是穿著女僕裝的冒失少女秋櫻，所以就算有一、兩次害臊的表現，也不算數啦。應該是這樣。一定是這樣。

「咳咳——那我們該來確認現狀了。」

我和春風走進附近的公園，兩人並排坐在木頭拼製的長椅上。

「我看還是先確認終端裝置吧。」

「說得也是……這樣一看，就會覺得比ＥＵＣ的介面還要簡潔一點。」

我輕輕點頭回應春風的感想，並用右手輕輕觸碰戴在左手手腕上的小型裝置——也就是ＲＯＣ的「終端裝置」。下一秒，一個大型的投影畫面在我的眼前展開。這部分的操作方式好像沒什麼變。

——然而……

「嗯……這是什麼？」

隨後，我發現覆蓋在整個視野的視窗和過去的款式不同。ＲＯＣ的三個文字前面掛著一個很像「Ｒｅ」的標誌。那個東西持續了幾秒的靜止狀態後，慢慢淡出消失。

我有好一陣子只覺莫名其妙，整個人僵在原地……不過當我看見畫面隨後切入的文字列，晚了好幾秒才終於掌握事態。

『變動ＲＯＣ：遊戲導覽』

「未……未冬（那傢伙）也太行了吧……！」

我反射性抽動在女僕裝之下的肩膀，忍不住發出讚嘆……不是啊，因為正宗的ＲＯＣ根本連遊戲導覽都不存在嘛。不管這個遊戲內容現在變得多地獄級，有沒有說明還是截然不同。

說是這麼說啦，但大部分羅列在上頭的情報，其實都跟以前的遊戲一樣。這部分我就當作複習，統整之後，大略帶過吧。

ＲＯＣ——Rule Of Casters，說得武斷一點，就是大亂鬥的「大逃殺」遊戲。獲得參加權的一百名玩家登入這個世界，目標是努力比任何人更早達成破關條件。遊戲中，扮演關鍵要素的是能當作符咒或武器的各式「卡片」。每個玩家能在終端裝置裡儲存共計七張卡片，玩家就運用那些卡片進行遊戲。

順帶一提，破關條件如以下三項：

收集五張「密鑰」，獻給「祭壇」，以獲得逆轉王牌「緋劍」。

唆使四名「國王的心腹」，編制「反叛軍」以對付狠毒的國王。

親手殺死這名國王最愛的女兒，也是他最大的弱點的「公主」。

——只要達成其中一項就算是「革命」成功，達成破關條件。

「…………」

當我回溯記憶至此，突然抬起頭來，發現在身旁的春風看著終端裝置，表情顯得有些陰霾。接著一股不成話語的小小氣息，就這麼從唇縫間流淌而出。

沒錯……「上次的『公主』是春風」，以及既是春風，同時也是莫名與她交換身體的垂水夕凪（我）。畢竟那是當時的遊戲管理員天道白夜只為了讓春風墮落沉淪，而製作的「實質不可能破關」的地下遊戲——這就是原本的ＲＯＣ。

但是——

「……『看來這次不一樣了』。」

我以纖細的手指操縱依然顯示著遊戲導覽的終端裝置，在另一個畫面開啟「玩家情報」的頁面，然後說出這話。在羅列著名字與各種能力值的欄位上，並沒有註記著代表公主（Target）的「特殊職業」。

「春風，妳那邊呢？」

「唔耶？——呃……啊，對噢！我看看，確認……確認…………呣……」

「……呣？」

「沒事，那個……沒錯，我也不是『公主』。」

春風以既是安心，也是灰心的聲音小聲嘟囔。

我聞言，「嗯」了一聲，將右手攀上脖子沉思。一邊感受著在側臉晃動的細柔髮絲不斷搔弄臉頰，一邊開始轉動思緒。

……我和春風都不是公主。確認了這件事情的當下，就代表這個「變動ROC」已經大大脫離原本的ROC（遊戲）。上次是只要專注在尋找「不讓自己（公主）死亡，又能破關的方法」這個絕對條件，但這次是只要「有人殺了不知道在哪裡的公主，遊戲就會在當下結束」這一種「制約」。

但不管是哪種，都一樣是嚴峻的情況啦——

「呃……夕、夕凪先生！這個，請你快來看看！」

阻斷我此刻思緒的，是春風有些著急的聲音。我順著她拉我衣袖的力道，望向終端裝置，只見遊戲導覽的畫面已經在不知不覺結束。

同時轉暗的畫面中央，逐漸浮現這樣的白色文句（Text）。

『供有緋劍的祭壇已然腐朽，現已無人知曉封印之地。然眾逆臣心腹的野心已碎，皆逃離王之怒焰隱其身。果敢的公主被封入碎片，卻依舊苟延殘喘，但其身孱弱，不知生命之火何時熄滅。』

「…………」

「這……這是什麼意思啊……？該怎麼說呢……感覺有點可怕。」

相較於怕得環抱自己身體的春風，我卻是盯著畫面，靜靜開口：

「祭壇已經腐朽，國王的心腹也不在——既然這樣，說得直白一點，就是『破關條件中的第一、二項已經不可能達成了』。」

「是……是啊，我也這麼想。可是既然如此，說『公主的生命燈火會熄滅』又是……？」

「嗯……碎片和封印什麼的，這些細節現在是完全看不懂……不過簡單來說，就是『公主有性命之憂』吧？我猜應該就快被殺了。已經『有人』就快達成第三個破關條件了。」

「唔！這、這不是非常不妙嗎！」

春風瞪大了眼睛，同時整個人抓著我靠了上來。

沒錯……她說得對，情況確實很不妙。畢竟如果我剛才的推測正確，我們除了『從已經勝券在握的某人手中搶走公主，並比任何人更早手刃公主』，沒有其他勝利手段了。

更有甚者，我們不只要顧及變動ROC的這些設定，還必須隨時警戒藏在GRA全體裡的

「禁止事項」。

比方說，我只要在這個瞬間，借用鈴夏的終端裝置干涉能力，就可以跟位於現實世界的星乃宮、瑠璃學姊商量怎麼攻略遊戲。但這個行動『對我實在太有利了』。既然沒有手段可以確認實際用了會怎麼樣，還是把所有偷吃步的想法當成已設定在禁止事項裡行動，才不會一下子就慘遭滑鐵盧。

……我只能說，現狀就像在亂無章法下的包圍網。

不過——先不管我的思考是對是錯，現在在這裡袖手旁觀，也解決不了任何事，這點毋庸置疑。

所以——

「沒辦法了。總之我們先行動吧，春風。還要順便收集情報。」

「說得……也是……好！我會加油！」

春風在胸前握拳回答，我就這麼和她一起開始攻略變動ＲＯＣ了。

#

我們一邊走在靜謐的——一座城鎮裡只有一百名玩家，所以當然安靜——住宅街道上，一邊開啟卡槽，確認手頭有的符咒卡。

「我有『加速』、『撤退』，還有『恢復』、『強化』跟『監察』嗎……春風妳呢？」

「呃，我……有『鐵壁』、『同調』還有兩張『加速』。」

「嗯……這樣啊。不管武器或密鑰，甚至連『搶奪』這類強悍的符咒都沒有啊。」

我在嘆息之中——其實也不算嘆息，不過口氣多少有些失落。

我們兩人的初始卡槽中，幾乎只有在戰鬥(PVP)中才能用的符咒。「加速」、「強化」、「鐵壁」是分別用於修正敏捷性、攻擊力、防禦力的符咒，「同調」是共享自己與對方玩家狀態的陷阱符咒。能窺見他人卡槽內容的「監察」和登出用的「撤退」姑且都是稀有(Rare)卡片，但我不認為在現在這種情況下還能有效利用。

事情就是這樣……結論就是「普通」。

在ROC中，有一條規則是「能從打倒的對手身上取走稀有度最高的卡片」，因此有許多戰鬥用的符咒並不是什麼壞事，但以掌握現狀這點來說，卻很微妙。

「夕凪先生，我順便問一下……」

這時候，莫名以複雜的表情看著終端裝置的春風，突然輕輕抬起頭來。

「其他玩家是用什麼方式參加這場遊戲的呢？我和你是在『某個特定情況下開始參與』，但這就代表現在在這裡的人們從很久之前就開始參與遊戲了。可是可是GRA是剛剛才做出來的……呃……奇怪？」

「噢，關於這一點，這裡有寫喔。」

我利用左手腕上的終端裝置，再次叫出剛才的導覽畫面，回答春風的疑問。我用手指指著在空氣中展開的畫面說道：

「妳看，這裡。『參與玩家合計一百名——※但同時連線數可能不滿一百——※此外已在各玩家腦中植入「從頭到尾一直參加ＲＯＣ（這個遊戲）」的虛假記憶。請當作這整個遊戲都是一段架空的「歷史」——※如果還有疑問，請輸入訊息，傳送到以下終端裝置。當我方判斷確實說明不足，便會給予回答。』」

「哇……謝謝你……不過……我覺得未冬小姐為人還真有規距。」

「就是啊。」

因為時間關係，大部分導覽都只是看過，不過幾乎所有項目都附著※符號補充。而且文書跟她直接說話時的口氣不同，非常周到有禮，讓人感到明顯的落差。

總之——講白了，事情就是這樣。變動ＲＯＣ的參加者（玩家）的記憶被未冬和冬亞動了手腳，把他們變成符合ＧＲＡ設定（劇本）的「角色」召集進來。

我猜應該是利用搶來的系統，硬是讓這樣的設定成立了吧——

「……呃！」

當我思考至此，我瞬間停止了思緒。不對，應該是「不得不停止」。

「——嗨。」

一道低沉的嗓音敲打著鼓膜。同時，有個男人從右側死角的暗巷出現。隨後，另一名身材高挑的男人也跟著從另一邊的道路出現，緩緩靠近。

他們以游刃有餘的步伐阻擋我們的去路，接著拋出一席高高在上的話語。

「真是的……明明已經警告那麼多次了，你們現在是怎樣？這一帶從很久以前就是我們的勢力範圍（地盤）了，可不是局外人能隨便來散步的地方耶。對吧，夥伴？」

「是啊……你們是哪裡的餘黨？根據你們的回答，我們也不是不能息事寧人。」

「什麼……？地盤？餘黨？」

我無法理解他們兩人說的話，不禁皺起了眉頭……不對，我至少明白我們即將被攻擊。上次玩ＲＯＣ的時候，我也沒少被捲入ＰＶＰ之中。可是不論我搜尋多少次「地盤」或「餘黨」這方面的名詞，記憶中就是找不到。

「那、那個！我們兩個人是……就是！」

這時——我聽見突然傳來的這道竭盡心力的聲音，於是看向身旁，只見春風不知什麼時候擺出要決一死戰的表情，挺身與他們對峙。儘管那對碧眼強而有力，卻看得出來她還是相當害怕。她的腳已經發出微微的顫抖。

「慢著，春風……妳先退下。」

我見狀，急忙伸出一隻手，將她護在身後避難，接著往前大跨一步，迷你裙也隨之搖擺著。

不管怎麼說，「這都是」我的任務。春風的心意固然令我高興，但這種場面還要別人保護我，那實在是太遜了。

我為了蒙混自己認真(Serious)的神情，吸了一口氣後……這麼說：

「——啊！對、對不起喔，叔叔！那個……其實我們是新手，完全不知道規則！所以我們沒有惡意，我們真的沒有給叔叔你們添麻煩的意思！」

「咦……呃……夕……夕凪先生……？」

「嘿嘿，妳叫錯了吧，春風。我是秋櫻☆是精神飽滿的女僕喲！」

「……傻眼……」

「嗚……」

我將雙手手指抵在臉頰上，用盡全力裝可愛，但春風的視線實在刺得很痛。

算……算了，沒差。反正我是最清楚自己不適合做這種事的人，而且也不覺得自己裝得有多「好」。所以我一點也不懊悔。不會就是不會。

總之重要的是男人們的反應——

「新手……？哈，那妳們真是有夠『倒楣』。」

——感謝上天，他們完全相信我說的話了。

「妳們太晚來玩ROC（這個遊戲）了。直到前一陣子為止，這裡簡直就像戰國時代，每個人都有出頭的機會，但現在已經太晚了。因為就在不久前，『我們這支隊伍才剛統一天下』。」

「呃……統一天下？這到底是什麼——」

「怎樣啦？連這點小事都不懂嗎？在這個遊戲裡，說到掌握天下也只能有一件事吧——對，沒錯，就是『公主』。『我們已經抓到公主』了啦。」

「呃！」

抓到公主了……他剛才是這麼說的嗎？

對方的發言太令人震驚，讓我一時說不出話，右手同時攀上脖子。公主、統一天下、隊伍、局外人、戰國時代。許多字詞在我的腦海裡盤旋。

這是我的猜測——我想這次ROC的遊戲過程並非採個人戰，而是變成「團體戰」了。當初遊戲原本就設計成獨斷獨行，合作關係才會不成立，但只要解決（Clear）這個問題，當然是團隊合作更有利。

而那樣的「團隊勢力之爭」持續了好一陣子。

如今眼前這兩個人的隊伍已為這樣的爭鬥劃下休止符。

「——所以簡單來說，現在純粹是『消磨期間』。」

我始終沉默不語，而那名嗓音低沉的男人從正面看著我，露出不懷好意的笑容。

「現在因為一點小因素，我們還沒破關，但那也是時間的問題了。畢竟只要我們想，隨時都能殺死公主，其他玩家根本束手無策不是嗎？所以實際上，已經有很多不相關的人漸漸地不再登入遊戲了。」

「…………」

「因此還留在遊戲裡的人，不是頂替那些人進來的新人，就是企圖向我們報一箭之仇的其他隊伍的餘黨（笨蛋們）——喂，怎樣？」

他說到這裡，看了看一旁的男人。那名話不多的高挑男子一時半會兒沒有回話，但幾秒後，他把右手放在終端裝置上，小聲說道：

「我用『雙重「監察」抓出情報』了……結果是『黑的』。這兩個人第一次登入的時間根本不是剛才，而是將近兩個半月前。至少對我來說，這段時間不能稱作初學者。」

「唔！加乘效果……！什麼時候！」

我轉過身子，發出尖銳的嗓音……被擺了一道。趁我把注意力放在與男人的對話上，另一個人調查了我們來歷。兩個半月這段時間應該是未冬隨便設定的數字，但無論如何，我們就不能再偽裝初學者了。

「（該死，上次在ROC會使用加乘效果的人，也就只有十六夜了……是時間久了之後，變成常態技術了嗎？可惡，我太大意了……！）」

「——搞啥？妳看起來很慌耶，啊？」

嗓音低沉的男人見我的表情明顯改變，隨即有所察覺，露出更猙獰的面孔。

「妳們不是初學者，而且剛才還演了一齣戲，那答案只有一個——妳們企圖反抗我們……唉，這可不能放過啊。在妳們哭著求我們饒命之前，看我送妳們一頓嚴刑拷打當禮物吧。」

男人嘴角圍繞著一絲怒氣，以下流到令人煩躁的視線看著我們兩個人。全身暴露在那樣的視線之下，讓春風縮瑟了雙肩，低下頭。

同時——要將我的理性吹飛，也已經很足夠了。

「……別鬧了。少用那種腐爛的眼神看著她，你這個敗類。」

「啊？……這傢伙是怎樣？突然變了一個人耶。」

「誰知道呢。但無所謂吧？這樣反而有調教的價值——」

「嘰嘰喳喳的吵死了！」

我的理智線因為高挑男子所說的話應聲斷裂，發出怒吼，接著將終端裝置的卡槽顯示在眼前。當我顯露出戰意的瞬間，男人們也立刻準備開始ＰＶＰ。一個人將武器卡片實體化為短劍，另一個人則是一把細細的長槍，我們甚至無暇吐氣，就這麼即將進入戰鬥——就在我們這麼想時——

「……你們在幹什麼啊，派不上用場的小嘍囉哥哥們。『那是莉奈的獵物喔』。」

「他們兩人的身影之所以突然消失」，是因為——

「什……！」

我呆站在原地，眼見兩人份的藍色粒子璀璨地四散空中。這種現象已經好久不見，不過這的確是ＲＯＣ「死亡時演繹的手法」——呃……不對，先慢著。

難道是這麼一回事嗎？「那兩個人在一瞬間就被打倒了」……？

「啊哈！」

一道開朗到簡直搞錯場合的笑聲，就像印證了我的不祥預感，從消散的男人們的身後傳出。

接著現身的，是一名以前曾經見過的「女孩子」。

以前曾經在某個地方——確切說來，是在ＳＳＲ的鐘塔附近見過的那名「少女」。她的名字叫莉奈。她的打扮是以黑色為基調的龐克風，胸口愛惜地抱著「剛才剷除那兩人的小熊布偶」。那癲狂的笑意也好，赤紅的羽毛剪髮型也罷，總之是自我主張很強的扮相。

但先不提這個了……我記得她是個死忠的「十六夜信徒」。

如果我的身體是在上次ＳＳＲ（遊戲）中不小心惹到她的鈴夏也就算了，但她用這麼愉悅的興致來搭理現在的我（秋櫻），讓我只覺得莫名其妙。

「呃……我……我說，獵物是什麼意思？妳會不會認錯人——」

「啊哈，妳在說什麼啊？莉奈才沒有認錯人。『這位姊姊，妳是在ＳＳＲ當「魔王」的人吧』？跟妳說，莉奈為了得到十六夜哥哥的認同，真的是非常非常努力，莉奈一聞『味道』，就知道是姊姊妳了。」

「啥？不……不是啊，十六夜（那個笨蛋）的確也會說這種話纏著我……但不致於連那種麻煩到極點的技能（Skill）也要偷吧！」

我不禁苦惱地抱著頭……話雖如此，如果這傢伙是因為把我當成「魔王」，才來針對我，那事情就簡單了。但我們不只是明確的「敵對關係」，她更是擁有不給人抵抗的機會，在一瞬之間打倒兩個玩家的「壓倒性實力」。

這是我的猜測——但我想這傢伙就是末冬說的「刺客角色」吧。

這名少女一邊微微歪著頭，一邊露出懾人的笑容，看著我的眼睛。

「啊哈……欸，姊姊，我們來互相殘殺吧。槓上那種底層的小嘍囉，一點也不好玩吧？姊姊妳的對手非莉奈不可了……而且……」

「……而且什麼？」

「只要打倒姊姊妳這種還算強的玩家，莉奈的名氣也會一口氣提升。這麼一來，莉奈『在隊伍內的排名也會上升，搞不好就能擔任處刑公主的角色』了。這麼一來就棒呆了！只要莉奈拿到攻略ROC的頭銜，十六夜哥哥就一定會來攻擊莉奈——呀♡」

「啊……噢……到頭來還是為了那個啊。」

「咦？對啊。因為莉奈只對這件事有興趣嘛。其他的事情根本無所謂。」

所以——換句話說，事情就是這樣。

「欸欸，妳就『為了莉奈去死』吧。繼續來玩SSR吧，姊姊♪」

#

「——發動『加速』！」

和莉奈重逢之後過了十五分鐘。我稍微遠離住宅區，來到郊外的河岸邊。

我一邊跑，一邊回頭看，只見莉奈依舊抱著一個大布偶，固執地追著我跑。看來那隻熊在ROC當中，被當成「武器卡片」了。在卡片化與實體化交互作用下，實現了那個莫名其妙的舉動。

「而且難辨的還不只那隻熊。」

最根本的問題——最棘手的問題，是莉奈這個「刺客角色」的「基礎能力值打從一開始就異常的高」。就像現在，我明明已經使用「加速」，卻遲遲甩不開以正常狀態奔跑的莉奈。

……唉，真是夠了，遊戲從一開局就糟透了。

莉奈或許真的是抓了公主的隊伍成員，但就算這樣，即使打倒她一個人，也無法幫助「公主」。因此「這」完全是一場毫無意義的戰鬥。

不過如果其中有唯一一件有用之處，那就是莉奈死都「把我一個人」當成目標這點了。其他事情她一概不放在眼裡，所以我給了春風小小的暗號，她已經在河的對岸避難。

「啊哈哈！姊姊，妳怎麼啦？妳不是很強嗎？不是得到十六夜哥哥的認同了嗎？但如果妳這麼廢，莉奈可要生氣了……！」

「唔……啊！」

那一瞬間，隨著那道激動的笑聲，那隻熊玩偶便緊追著跑過我剛剛經過的地方。頓時狂風、衝擊湧至。隨後刺耳的破碎聲更是敲打著鼓膜……仔細一看，在一旁的自動販賣機被攻擊力道波及，已經倒毀得不成原形。

「嘖！這……這是作弊外掛吧……！」

——不行。這光是被打到一次，難保不會直接遊戲結束。

我這個楚楚可憐的美少女女僕咂著嘴，同時再次擺盪裙子開始奔跑。即使如此，我和莉奈的距離還是單方面地遭到縮短。或許我剛才不該單獨使用「加速」，應該和「強化」併用才對……

但在手牌（Resource）不多的情況下，就算看準加乘效果，也只是提早死期罷了。

「不對！不管你怎麼做，最後結果都一樣！」

那凶器（小熊布偶）隨著一道駭人的風壓，「轟」的一聲襲擊而來。我在一紙之隔的距離避開攻擊，情急之下改變前進路線，踏上架在河川上方的橋樑。我瞬間將視線射向在對岸心驚膽顫看著我的春風，然後用力點了點頭。

「……？」

莉奈對我突如其來的行動感到困惑，但最後還是立刻跟了上來。

「真奇怪。明明剛剛才分開，現在就要會合啦……啊哈，還是妳終於發現一個人贏不過莉奈了？」

「誰知道，妳說呢……！」

我這張工整的臉面目扭曲，露出不懷好意的笑容，腳步加快衝過這座橋。這裡跟剛才不一樣，左右是幾乎無路可逃的狹路。我們雙方畢竟有速度之差，從後頭追上來的殺氣，隨著時間分秒過去，是越來越猛烈。

我開始呼吸急促，雙腳不穩，最後感覺到莉奈的氣息細細略過耳際。

「讓妳久等了，姊姊……已經夠了吧？莉奈這就了結妳——」

不過——「只要來到這裡，就夠了」。

「——春風！」

「來了！『啟動終端裝置——對莉奈小姐發動符咒「同調」』！」

當在我背後的莉奈發出致命一擊的瞬間，春風配合我大叫的信號，揚言自己要使用某張卡片。「同調」——能讓對象玩家共享自己所有的狀態，是一張稀有度低的符咒。此外，這張卡片的效果會「比較雙方玩家的能力值，將數值統一成『較低』的一方」。

換言之，「能將莉奈身上那龐大的上升能力值暫時無效化」。

「呃……咦——呀！」

敏捷性被壓低後，莉奈明顯失速，重心開始不穩，整個人就快跌倒在地。我確認這點後，反轉身體前進的方向後潛入她的懷中，並且同時發動「強化」，用力「踢飛」那隻布偶。

先前一直耀武揚威的凶器就這樣高高往天上飛，然後順著重力掉到遙遠的橋下——隨著下方潺潺的河水消失。

「好啊！」

我見狀，忍不住擺出可愛的握拳歡呼姿勢……唉，總算是想辦法成功了。藉由渡橋縮短春風和莉奈的距離，以便進入符咒的效果範圍，接著使用「同調」，削弱她的能力值，最後奪取那個布偶。這幾乎是個硬著頭皮上的策略。

但事實上，沒了那個武器，莉奈的威脅性就下降一半了。

當然了，她的基礎能力值還是很高，不過只要想方設法，應該能讓我們兩個人——

「——逃走。你是這麼想的嗎？啊哈，姊姊，妳這話真有意思。」

「…………啊？」

下一秒，在眼前展開的「有如惡夢的光景」，令我啞口無言。

不對……但我這樣也情有可原。畢竟我「剛剛好不容易才讓她放手的凶惡武器，也就是那個布偶，現在居然再度被她抱在胸前」。

不曉得她到底知不知道我心中的慌亂，站在我眼前的莉奈不滿地噘著嘴。

「討厭，姊姊妳真的很粗暴。居然踢莉奈重要的朋友，太過分了。」

「呃……妳……妳那是怎麼……難道是去下面拿回來的嗎？」

「妳說這孩子？不對，不是喔。這孩子跟剛才那個不一樣。是莉奈第二個朋友。」

「……第二個？等等……意思是難道妳……」

「啊哈，姊姊妳的眼神好凶喔。不過……嗯嗯，再怎麼笨都會發現吧。沒錯，就跟姊姊妳想的一樣——莉奈的手牌（卡槽）全都是布偶（這些孩子）。」

「————呃！」

我還以為自己要昏倒了。

「奪取武器」這個唯一的勝算和方針，就這樣被一個離譜的理由完全無力化……我再怎麼厲害，也料不到這個結果。

「啊哈——這就叫做『將軍』吧，姊姊？妳看，『同調』也失效了。」

莉奈「喀喀」地踩著有些從容的步伐，逐漸靠近我。

「不過姊姊妳放心吧。妳的棄權不會白費。莉奈會用妳好好壯大自己。會讓妳死得很有用。所以妳反而可以自豪喔。」

「…………」

莉奈不斷大放厥詞。相對的，我卻是一邊配合她的步調後退，一邊看了「身後的春風和底下的河川」一眼……事已至此，「只能跳河賭一把了」。雖然這條河怎麼看都不適合游泳，卻比放棄遊戲要好上千倍。

正當我下定了這個壯烈的決心時——

「『合併發動「強化＋同調＋轉移」』……對了，對象是那個危險人物以外的人。」

「「「——咦？」」」

一道熟悉的聲音突然響徹周遭，那並不是秋櫻、春風，或是莉奈的聲音。

在我完全理解那句話的意思之前，我的視野便在一瞬間轉暗。

#

「……真奇怪。」

這裡是某條鐵路的高架橋下，遠離跟莉奈PVP的地點。

這名在窮途末路的情況下拯救了我和春風的「女性」，一邊悠哉地坐在長椅上，一邊翹起修長的二郎腿，睜著銀框眼鏡下方的眼眸看著我。

「我應該確實指定了『那個危險人物以外的人』進行轉移……但為什麼垂水先生會在這裡？BUG？難道這是BUG？斯費爾創立以來的BUG？」

「……我沒被當成『危險人物』，讓妳這麼意外嗎？」

「不，我沒這麼說。畢竟不論內在，外表是個漂亮的美少女嘛……沒錯，不論內在的話……但這下傷腦筋了。我今後居然必須貼著『拯救區區垂水先生的廉價女人』的標籤過活，這簡直就是拷問。」

「並不是，才不會是什麼拷問！我在妳心裡面的形象到底是怎樣啊！」

「呃……拜託，可以請你別說什麼『妳的裡面』這種猥瑣的詞嗎？我們又不是那種關係，何況春風小姐也在場……我瞄我瞄。」

「才不是！妳只是想製造誤會吧！我才不是那種意思，只是想知道妳是怎麼看待我——」

「那當然是玩具啊。」

「結果不管是哪種，都不正經！」

「……呵呵呵。」

我抱頭苦惱。站在我面前的人，是個右手托著腮，臉上露出恍惚笑容，並戴著眼鏡的女性。如果只看她還算正式而且貼身的服飾與行為舉止，就會覺得她是個成熟的女性。但聽剛才的對話就知道，她的個性很難搞。

她隸屬斯費爾先進技術開發部門（Fake Witches）第三課——通稱「司書」。

我直到現在還是不知道她的本名，不過是個在地下世界見過好幾次的人。

「——那、那個……」

這時候帶著顧慮開口的人，是在一旁看著我們一來一往的春風。她朝態度高傲且翹著腿的司書踏出一步，露出一抹柔和笑容。

「讓我重新致謝，謝謝妳救了我們。還有……嘿嘿嘿，『好久不見』了。」

「……是啊。」

司書聽完春風的話，頓了一會兒才點頭回應……對噢，她跟天道同屬第三課，所以本來就是春風的熟人。不對，她們應該不是熟人這種等級的關係，而是調整、管理春風的人。

不過看她們兩個人相處的感覺，倒也不像關係非常險惡就是了……

「好久不見了，春風小姐……您有因為剛才的ＰＶＰ受傷嗎？」

「沒有，我沒事！因為藤堂小姐——啊，呃……因為司書小姐前來搭救了。」

「哪裡哪裡，我的助力沒有多大用處。我反而覺得很抱歉，居然把『多餘的』東西帶過來了。」

「多餘的……？呃……夕、夕凪先生一點也不多餘喔！」

「哎呀，這樣啊。是我失敬了……話說回來，春風小姐，您真的沒有哪裡受傷嗎？您沒有受傷——應該說被玷汙嗎？您的處女膜還平安無事嗎？」

「咦？啊，對。我覺得我應該沒那麼髒……處……處女？」

「我是說處女膜。換言之，您有沒有被旁邊這隻野獸非禮——」

「～～～～唔！啊——夠了，妳快給我閉嘴，司書！」

我擠開了正眨著眼的春風，以纖細的手指，指著眼前的黃腔自動播放機。儘管她不改笑得歡愉的嘴角，還是姑且乖乖聽從了我的要求。

「……受不了……」

我覺得一陣疲憊，忍不住輕吐出怨言，但——這不重要。

先不管她那總是高高在上的態度，還有我對的粗暴言語，「她拯救我們免於莉奈的威脅」這件事是無庸置疑的事實。如果不是她在那時候出手救我們，我們一定已經輸了。但「正因為如此，我才會湧現一個疑問」。

因為根據變動ROC的遊戲導覽，參加這場遊戲的所有玩家，應該都已經「被末冬和冬亞植入『虛偽的歷史』了」——照理來說，她們應該會事先準備好對她們有利的設定和狀況。

既是如此，司書（這女人）為什麼有辦法救我們……？

「——那個……不好意思，垂水先生，可以請您不要用那種好像要把我舔得一乾二淨的眼神看著我嗎？不管你對野外調教露出玩法多有興趣，用我發洩慾望恐怕有點……」

「我沒有，也沒那個打算啦……唉……」

被人帶著玩笑、不著痕跡地抱怨，我吐出一口明顯的嘆息挖苦，決定停止思考。如果說我不在意司書這意味深遠的「配置」，那就是騙人的。不過那也不是在這裡空煩惱，就能解決的問題。

所以了——

「喂，司書。妳救了我們，我想順便問點事情，可以嗎？」

「……好啊，無所謂。反正我也有必須請你支付的代價。」

「咦？……代價？」

見我不解地反問，司書瞬間看了「春風」一眼，接著不發一語地改翹起包在窄裙下的另一隻腿。此刻看著我的，是一雙要我「別再深究」的銳利雙眸……唉，是沒差啦。

「那首先想來談談最根本的話題——現在到底是什麼情況？他們說的隊伍是讓人好奇，不過我更想知道整體的情況。」

「整體的情況嗎？……我想想……」

司書把右手放在嘴上，低著頭好一陣子，最後以整理好記憶的口吻，開始訴說。

據說——變動ＲＯＣ（這個遊戲）在玩家之間的認知中，至少已經進行了好幾年。剛開始，那三項勝利條件幾乎並列存在。但經過幾個事件後，情況產生變化，現在已經定型成那個導覽（Text）所說的樣子了。

「就算想收集密鑰，也沒人知道祭壇在哪裡；就算想集結叛軍，國王的心腹也已經不在，所以最後只剩下公主……簡單來說，就是這樣。不過就算狀況如此，遊戲姑且也能成立，所以玩家們分成好幾支隊伍，長期爭戰不休……但現在看來，這也『已經成了過去』。」

「……妳說的是他們嗎？」

「是的。如今ＲＯＣ最大的勢力——就是擁有三十人以上的成員，獨占九成稀有卡片的『那支隊伍』。他們原本就以壓倒性的人數居於優勢，更別說『現在終於抓到公主』……遊戲應該很快就會結束了吧。即使不去考慮垂水先生是無能中的無能，現狀也已經是一局死棋了。」

「…………」

司書滔滔不絕地說著，我卻覺得她的語調帶了點憂傷。她嘴上雖然不說，對ＲＯＣ卻有著很深的感情——當我做出這個推測，「一股與剛才相同的異樣感突然再度在腦中復甦」。

——事情果然「太巧了」。

先不說司書會不會幫我，她毫無疑問都是斯費爾的人。所以對未冬和冬亞來說，理所當然是

「敵人」。她們居然會給這種人這麼多情報，還放在我身邊……難道她們從遊戲開局起就對我放水？

「……嗯——但一想到未冬的態度，我現在還是覺得不太對勁。」

「什麼？你沒頭沒腦在說些什麼啊？」

「啊……沒事。」

看來我似乎不小心把心裡想的話講出來了。為了蒙混過關，我輕輕搖動淡紫色的髮絲，斬斷模糊不清的憂慮，決定重振旗鼓，著手詢問「剩下的重大疑問」。

「到這裡我都知道了……可是這麼一來，事情就有點奇怪。」

其實從莉奈剛才說的話來思考，並不難想像——

「公主已經被抓到了吧？既然這樣，『遊戲為什麼還在進行』？」

「……啊？這是什麼問題，當然是『因為公主還沒死啊』。ROC的破關條件是『殺死公主』喔？既然人還活著，就不會結束。你懂我這句話的意思嗎？還是腦容量已經見底了？」

「……這……這女人……」

「既然是腦容量不足，那我就好心替你換個措詞吧。聽好了，既然公主還沒死，簡單來說……就是『還沒決定要讓誰動手』。」

——噢，原來如此。果然是這樣。

對，沒錯。到頭來，這件事就是「在ROC當中組隊最大的障礙」。到破關之前都還好。但到了最後關頭，在「即將完全破關的前一刻」，一定會發生問題。因為ROC可是「獨行」大逃殺遊戲——無論隊伍有多強，能送公主上路並破關的人就只有一個。

誰會成為勝利者？報酬該怎麼分配？就算已經精準地分配報酬，誰知道是不是會照實支付？大家都是不曾在現實世界見面的人，這點疑惑當然會產生。所以「處刑人」自然無法順利選定。

「所以才說生命之火『即將熄滅』嗎……」

我想起那段文字，悄聲嘟囔著……那的確是很貼切的形容詞。雖然還沒步入死局，卻是已經被確實將軍的狀況。要是不能在最後一手棋下下來之前，採取行動，變動ROC真的會變成無法破關的遊戲。

「是啊。但也『只到剛才為止』了。」

「……什麼？」

當我理清思緒至此，司書突然說出這句令人不安的話，她同時操作終端裝置投影出畫面。在她的催促之下，我和春風一起靠近畫面。

我一邊感受頂級的金絲線搔弄著臉頰，一邊盯著畫面，上頭顯示的是各種情報混雜的混亂頁面……不過其中只有一行文字，看一眼就能馬上理解。

那就是——

「好像『決定好處刑人』了。行刑時間……也就是ROC結束的時間，是『明天早上』。」

「────唔！」

……春風的雙手放在白色連身洋裝的大腿部位，她聞言，輕輕握緊了拳頭。

#

和司書分開後不久，我在春風的帶領之下，來到某間公寓的房內。

「這裡是之前的ROC……呃，我跟你還沒互換身體之前，用來躲藏的地方。其他還有很多地方也有，不過這間房間是最舒適的。」

「是喔……原來是這樣。但也是啦，也不能一直在外面流浪嘛。」

春風跟其他玩家不一樣，不能暫時登出，所以只能適度改變據點，持續進行遊戲。

我一邊茫然地進行想像，一邊在杯子裡倒滿熱水壺煮沸的熱水。再用銀湯匙均勻攪拌事先放在杯子裡的粉末，轉眼間就泡好熱可可了。我將飄散清甜香氣的兩杯飲品放在托盤上，拿到規規矩矩坐在床上的春風身邊。

……不知道為什麼，我這樣實在很有女僕的身段。

「嘿嘿嘿，謝謝你，夕凪先生。」

總之，春風笑著伸出雙手，從我手中拿走了杯子。而我則是用右手拿起剩下的杯子，就這麼在床旁邊——我本來是想站著，但想了想，還是決定坐在春風旁邊。

好了，小做休憩之後，該來粗略整理情況了。

「首先……這個遊戲——變動ROC有三個勝利條件。但三個條件裡面還有辦法達成的，只剩下『殺死公主』，可是這個公主現在也已經被某支隊伍抓住了。」

「是的。而且據說他們還是一支有三十個人以上的隊伍……要正面突破恐怕有點難。」

「是啊。如果其他隊伍還在，就另當別論，但既然現在完全是『一枝獨秀』的狀態，那根本沒辦法攻略。而且……重要的是，『公主明天就會被殺』。」

「……唔……」

春風因為我的話語縮瑟了肩膀，她就這麼低頭看著手裡的杯子。

——簡單來說，這就是未冬提過的「特定狀況下」的「全貌」吧。幾乎是唯一勝算的「公主」，現在被勢強的隊伍抓住，處於外界無法干涉的狀況。現在甚至出現了「處刑日」這個不同於GRA期限的另一個時間限制，要是不能在時限之前想出對策，到時候就會當場附贈一個失去資格的結果。

「『不過』……」

「——『不過什麼』？」

此時我發出的小聲嘟囔，讓春風整顆頭彈起來。清澈的碧眼大大映在我的視野中，還有一股不同於可可輕甜香氣掠過鼻尖。

「你剛才說了『不過』嗎，夕凪先生？意思是……意思是難道你！」

「呃……是……是啊，沒錯。就是這麼一回事。」

現在春風和我的距離只要一個不小心，就會觸碰到彼此，不過她言行之間顯得非常興奮。至於我則是佯裝冷靜——雖然臉頰應該是紅了，但那是不可抗力——繼續往下說：

「應該說，打從一開始『就要這麼做』了吧？變動遊戲是從就算正常攻略，也無法破關的狀況開始。所以才要『用秋櫻的能力想辦法扭轉』。」

「啊……經……經你這麼一說！」

沒錯。

秋櫻的「地下世界干涉能力」能在各遊戲中只用一次。只要用那個能力，就能應付絕大多數的狀況。畢竟能按照自己的喜好，改寫這個世界的任何事物，比方說「只要把『公主』這個職務轉移到別人身上」，馬上就能破關。找隨便一個在自己身邊的玩家當「公主」，然後再削減他的HP就行了。

只不過——儘管我明白這一點，還是不會付諸行動。

原因就是「禁止事項」的存在。

禁止事項。那是安插在GRA中的「內容不明隱藏規則」……當這種東西在我眼前亂晃的那一刻起，就必須把不必耗費什麼勞力就能破關的「輕鬆」路線，當成會當場死亡的陷阱（Death Trap）。這種方法不可能走到最後。一定會牽扯到禁止事項。先不論事實如何，但我「只能在這個前提下行動」。

所以換句話說……我最終還是必須在規則內，尋找不會牴觸禁止事項的「迂迴路線」。不這麼做，就無法攻克（Clear）變動ROC。GRA將會因為我的敗北落幕，再也沒有人能阻止末冬和冬亞復仇。

「……那……那個……夕凪先生？」

見我低著頭，沉默不語——春風不安的聲音傳入耳中。

她一臉愁眉苦臉，和剛才截然不同。大概是被我的沉默傳染了，她隨意放在床上的手抓緊了床單，就像要抓住救命稻草一樣。

「……唔……夕凪先生！我……呃……唔唔！」

但下一秒，春風像是突然下定了決心，換了一張表情。她誇張地甩頭，甩走不安，接著面對我，策動著嘴巴。為了將她想說的心情化為言語，她拚命抖動櫻色的雙唇……………我說……

難道「她這是想鼓勵我」嗎？

「——————」

我總算注意到這點，低著頭，瞪大了眼睛……真是的，我在幹嘛啊？春風從頭到尾只以正向要素構成，非常不擅於面對負面情感。要是我陷入消沉，就會給春風帶來負面影響，這件事不是以前就知道了嗎？

——所以……

「抱歉，春風。還有……謝謝妳了。我剛才好像太急躁了。」

我稍微刻意控制嘴角勾起一抹微笑，並將白皙的手放在春風頭上。

「呃……夕……夕凪先生？哇……哇哇…………嘿嘿嘿。」

面對我突如其來的舉動，春風一開始還很困惑——但她馬上放鬆表情，然後露出打從心底感到幸福的笑靨。近距離看著她這種反應，我感覺得到，我這張虛張聲勢的笑容，也逐漸趨於自然。

「春風效果」還是老樣子，效果絕妙。

「——好。」

我在被自己弄得極為委靡的氣氛之中，重新將意識放在左手腕的終端裝置。在我剛才的思緒中，也有提及「某樣東西」，其中有一點令我好奇。

關鍵——恐怕是在遊戲導覽最後出現的那段意味深長的文字。

『供有緋劍的祭壇已然腐朽，現已無人知曉封印之地。

然眾逆臣心腹的野心已碎，皆逃離王之怒焰隱其身。

果敢的公主被封入碎片，卻依舊苟延殘喘，但其身孱弱，不知生命之火何時熄滅。』

「……嗯——」

「夕凪先生……？你怎麼了嗎？」

「啊，沒有……春風，我問妳。我希望妳別介意我這麼問，『妳是ＡＩ對吧』？」

「嗯？是的，沒錯啊。」

「而且還是最新銳的超高性能ＡＩ。」

「唔咦？夕……夕凪先生，你這麼抬舉我，我覺得有點難為情……不過是的，你說得沒錯。我其實是超高性能。嘿嘿嘿。」

「就是嘛……對了，既然這樣，那大概……」

我聽了春風的回答，小聲嘟囔著，同時右手再度攀上脖子……這樣搞不好「成立」。只要把莉奈和司書給的情報，加入這段文字的「意義」當中，就會浮現一個「不同於我剛才所想的『替換公主』的新策略」。

但麻煩的是——時間。

直到剛才為止，我都以為處刑時間就是「變動ＲＯＣ的時限」，但如果要用我現在想到的路線，再怎麼快，都沒辦法在處刑開始之前付諸實行。因此換言之，直到明早的這「半天以上」的時間——「大約十四個小時到十五個小時」的時間，我什麼都不能做，只能待機。

這段時間實在太長了。太過冗長了。而且如果這個方法可以確實破關就算了，實際上卻很有可能「落空」。與其背負著這樣的風險，不如老老實實選擇一開始想到的路線還比較好…………不對。

「？」

我看著就在我身旁不解地歪著頭的春風，迷惘頓時完全消散。「不管要花時間還是怎樣，我決定要用這個方針了」。我「呼」的一聲，吐出累積在嘴裡的氣息，不斷甩著頭，好將意識切換到正常模式。

「好，既然這樣——春風，妳知道這間房間裡，睡衣之類的東西在哪裡嗎？」

「咦？啊……知道。衣服的話，在那個衣櫥裡……可是，你問這個做什麼？」

「當然是換衣服啊。再怎麼樣，也不能穿著女僕裝睡覺嘛。」

「要、要睡覺嗎！可、可是遊戲——」

「不用擔心啦。我不是放棄了。純粹只是不先等到明天早上，就沒有開始行動的意義。我當然也很在意時間限制……但也只能看開點了。所以啊，既然橫豎都只能等待，那確實休息不是比較好嗎？」

「哇……這……這樣啊。」

春風愣在原地半晌，但最後還是在胸前握緊雙拳，精神飽滿地點了點頭。接著一改臉上的表情，不知為何，以有些開心的語氣這麼說：

「嘿嘿嘿，那我們要在這裡過夜了。雖然現在時機不對，我還是覺得有點期待。」

「期待？奇怪了，妳不是常常會去雪菜家過夜嗎？」

「啊……對！我實在太常去報到了，結果她前陣子把備份鑰匙給我了……不過，那個……每當我想去你那邊的時候，她總是會阻止我。」

「啊，噢……也是啦。」

這也沒辦法啊。有很多問題，比如倫理方面的。

但可惜的是，春風似乎完全沒感受到我心中的動搖……她直接探出身子，頂著微紅的臉頰，拋出這樣的提議：

「順帶一提……因為平常只有我會用這個房間，床只有這一張。所以……那個……可能會有點擠……但我想『只要黏在一起睡，一定就沒問題了』。」

「呃……什、什麼！不……就算我們再怎麼熟，也很不妙吧！我睡地板就好——」

「不……不行啦！不能睡地板，那對身體不好。說要確實休息比較好的人是你啊……而、而且！」

「……而且什麼？」

「就是……那個……因為現在的你也是女孩子嘛。你看，完全沒問題啊。」

「呃！居……居然來個逆向思考……！」

——所以，事情就是這樣。

「嘶……嘶……嗯……嗯唔……跟夕凪先生一起……嘿嘿嘿……我抱……」

「（～～～～～～唔！不行，我果然不行！不管睡臉、夢話還是翻身，全都不行啊！她從剛才開始就把我當成抱枕黏著，碰到的地方也都很軟，而且空氣還極度甜膩！這是怎樣！不只春風，連秋櫻（我）的頭髮也柔順得好舒服，這是怎樣啊……！）」

結果我拗不過春風一起睡是還好，但兩名建構了整個空間的美少女，讓我的腦袋不堪負荷，不用說，我當然是有好一會兒完全沒睡意。

#

隔天——預計處刑「公主」的當天早晨。

我喝了冰牛奶，叫醒這顆剛起床呆滯不已的腦袋後，決定立刻展開行動。

順帶一提，春風則是跟幾個小時前一樣，躺在床上幸福地睡著。不過……算了，也不必吵人家睡覺吧。反正計畫概要已經在昨晚告訴她了，要她大顯身手的場面也還早。

「嗯……哈呼……」

我稍微摸了摸散落在枕頭上的金色髮絲，並把簡短的留言放在茶几上——然後……

「嘶……」

我大大吸了一口氣，開始在腦中強烈想像「使用能力」。隨後「變化」比我想像得還早造訪。我感覺到一股跟現實世界的秋櫻連線的奇妙感受……接著淡紫色的中長髮開始混入「赤紅」的色彩。

在各遊戲中，限用一次的秋櫻的特殊能力。

我在有限制的情況下，解放能自由改寫這個世界的能力，接著——

——自從地下世界干涉能力發動幾個小時後，我處在和剛才完全不同的地方。

這裡是位於某一棟大樓最上層類似待客室的空間。裡頭放著不會過於喧賓奪主的華麗家飾，妝點著窗邊，鋪在玻璃茶几上的純白桌巾顯現出絕妙的高雅格調。儘管這裡空間不大，卻是個氣氛沉穩的房間。

在這樣的地方，我從剛才開始就坐在鬆軟的沙發上，翹著光溜溜的腳丫子。

我偶爾會揚起視線——看著坐在對面的「莉奈」。

「唉……討厭，有夠無聊的。」

她完全不掩飾自己閒得發慌的內心，在我的眼前揉捏著布偶的手掌。雖然會定時對我投以不滿的視線，卻不見她對我身在此處有任何疑慮。

但理應如此。

「『沒想到姊姊妳居然被選為處刑人』……莉奈我好失望。這支隊伍的人實在沒眼光。」

……沒錯。

我選擇使用「地下世界干涉能力」的方式，簡單來說，就是「讓我變成公主的處刑人」。這和我昨天想的「替換公主」是同樣的思維，只不過替換的對象並非「公主」，而是「處刑人」。說得直白一點，就是「從旁搶走處刑人的身分」。不過我還是保持秋櫻的外表，「只改寫了認知，讓秋櫻＝處刑人」。

我剛剛才在幾十分鐘前改變了世界，隨後馬上利用終端裝置的接觸履歷呼叫莉奈，隨便扯了個謊，讓她帶我來到這裡。

「呼……」

我輕輕吐出一口氣，看向掛在牆壁上的時鐘……八點三十二分嗎？

「莉奈，我問妳。我想確認一下，是幾點開始處刑啊？」

「什麼？昨天明明討論了那麼久，姊姊妳現在馬上就忘了？真拿妳沒辦法耶……受不了。九點啦，九點。再過十五分鐘就會有人來接我們，然後移動到另一個房間處刑。這樣子知道了嗎？

想起來了嗎？」

「啊，是啊……我想起來了。抱歉，我可能有點緊張。」

「是喔……啊哈，欸，那要不要莉奈幫妳動手？」

「不用，不需要。」

面對莉奈以蠱惑他人的眼神看著我，我微微揚起嘴角，同時一腳踢開她的提議。多次搖頭之下，淡紫色的長髮因此甩進我的視野，我甚至看見坐在對面的莉奈不滿地嘟著嘴……呃，奇怪？追根究柢……

「妳為什麼還在這裡啊？我只拜託妳帶路吧？」

「妳說莉奈？莉奈是護衛啊，護衛。因為搞不好有人不承認由姊姊妳當處刑人嘛，莉奈這是在幫妳警戒攻擊喔。」

「噢……這樣啊。」

但實際上，藉由秋櫻的特殊能力，「我是處刑人」這件事如今已是「無庸置疑」，所以我其實不需要護衛。但就算我跟她解釋了，她應該也完全聽不懂吧。要是她莫名巴著這個話題也麻煩，隨便帶過才是上策。

而且比起這種小事——這傢伙還有更重要的「用途」。

「那我再問一個問題……難得妳說要當我的護衛，那妳可以『順便把幾張由隊伍管理的卡片

讓給我』嗎？」

我一邊觀察坐在對面的莉奈表情，一邊若無其事地開口。

當然了，我的這個「請求」其實有點「小心思」。我的大前提是必須獲得需要的卡片，現在藉著刻意拜託莉奈，「或許能得知『隊伍管理卡片的手段』」——這就是我打的主意。這並不是什麼必要情報，但跟我接下來要實行的攻略手段有不小的關係。

「……嗯——這點小事應該沒差吧。」

原本在我眼前晃動雙腳的莉奈陷入半晌的沉思，最後無奈地聳了聳肩，伸出纖細的手指開始操作終端裝置。

「那妳要什麼卡片？」

「……咦？難道是由妳個人管理的？」

「咦？妳連這種事都不記得？真是的……姊姊妳真的很兩光耶。不是由莉奈我拿著喔。不是妳想的那樣，我們隊伍『併吞了「武器店」』，所以可以隨意調整比率，進行卡片的交換或囤積。然後擁有權限連線『武器店』的人，就是現在的幹部成員。懂了嗎？」

「……懂了。」

原來如此，他們就是用這種手法「獨占九成稀有卡片」啊。

我本來還想不通，不管他們所屬成員再怎麼多，那也不是光用卡槽就能存放的量，原來還有這層機關。居然獨占能無限儲放卡片的「武器店」，看來他們隊伍裡有個想法大膽的人。

不過——這種狀況對我來說，說不定「更有利」。

「…………」

我想到此處，稍微低下頭，避免自己的表情被看穿。莉奈還是一樣，忍著因閒得發慌而湧出的呵欠衝動，我從她手上拿到幾個符咒——「強化」、「強化」、「轉移」、「加速」、「同調」後，再度回到靜靜等待的時間。

……接著大約過了十分鐘後，「處刑」的時間總算到來。

「——處刑人上前。」

一道低沉又嚴肅的聲音在室內迴響。

這裡是只有隊伍高層聚集的某個房間。原本好像是會議室之類的，但現在桌椅已經全部撤除，只是個空蕩蕩的空間。

在這樣的地方，我遵從擔任司儀的男人的指示，緩緩跨步走向「那個人」。

而那名被囚的公主——只要殺了她，就能破關的ＲＯＣ唯一的被害者（目標）……

「……呃！」

沒想到在那裡的人是——「電腦神姬四號機冬亞」。

她被綁在空無一物的室內唯一一張椅子上，完全動彈不得。她的雙手繞到椅子後，被一個大大的鎖銬著，雙腳連襪子都沒穿，取而代之的是纏滿了鎖鏈，嘴裡更是被塞著一塊像是白布的東西。

「……啊……」

冬亞無力反抗而低著頭，她的視線一撇後，捕捉到我的身影，但下一秒卻又無力地錯開。近距離見到如此孱弱的反應，我敲醒凍結了半晌的腦袋，開始全力思考。

——這是怎麼一回事？

冬亞和未冬一樣，都是GRA的遊戲管理員（Master）。所以只要她們想，當然可以輕而易舉參與遊戲。但我不懂這麼做的「用意」是什麼。如果她扮演的是莉奈的角色，我就會覺得是用來「發洩情緒」，但刻意把自己安插成這個遊戲最弱勢的「公主」，到底是基於什麼理由？

不……不對，如果只是要一個理所當然的解答，那根本明顯到不需要思考。這是很明顯的「陷阱」，也是「地雷」……簡單來說，就是所謂的禁止事項。既然在這裡的不是別人，而是冬亞，那麼要達成破關條件，就必須殺死她。但傷害位在復仇陣營的她，這種行為怎麼想都會「出局」。所以這就是這個角色的功用——換句話說，冬亞成為公主是某種「陷阱」。

不過若是如此，還是有點「不自然」。

如果她們的目的真的是這種挑釁，那我覺得比起冬亞，未冬更適合。「況且」——

「（呃……不對，現在不是想這些的時候。）」

見我遲遲不肯動刑，一旁的玩家開始躁動，我靜靜地甩了甩頭。

……沒錯。就算我沒事先設想到冬亞會是公主，「我要做的事情還是沒變」。畢竟我已經用了秋櫻的能力。事到如今已經不能重來。也無法重來。在成功攻略這個遊戲之前，我只能埋頭前進。

就這樣，我從在一旁待命的男人手中接過處刑用的刀具。

我一邊確認刀柄的觸感，一邊踩著「喀喀」腳步靠近冬亞。

「呃——那我要開始了喔。」

我以極為乾脆的態度說道，接著將亮到發黑的刀具擺在眼前。

「唔……」

受到拘束的冬亞聽見我的宣言，閉緊雙眼，並盡最大力氣低頭。長度幾乎垂地的白銀長髮隨之散落，接著露出雪白的後頸。

那是完全放棄抵抗的投降姿勢。對方已經無路可逃，現在是我的絕佳機會。

然而——「很遺憾，我打從一開始就絲毫沒有殺害『公主』的意思」。

「想問我要怎麼做嗎？行啊，看好了，冬亞。『來對答案了』。」

我以只有她聽得見的音量輕聲呢喃，只見她微微抖動了嬌小的雙肩。

接著當室內的玩家們的歡聲來到最高點的瞬間——我……

「——『發動「同調＋轉移」』！」

我一反他們所有人的期望，緊緊抓住冬亞的手，瞬間脫離那個地方。

#

「啊哈……！太棒了，姊姊。實在太讚了，啊哈哈哈！妳為了莉奈！欸，妳是為了莉奈才會背叛的吧！是為了讓這個無聊的遊戲更刺激，才會這麼做吧！啊哈……好棒，好棒好棒！姊姊妳是我僅次於十六夜哥哥喜歡的人！莉奈我絕對、絕對會親手了結妳……呀哈♡」

——「轉移」符咒具有隨機讓自己移動到遊戲場域的任何地方的效果。

剛才我將這個符咒和「同調」併用，讓眼前的冬亞能和我一起進行「轉移」。到此還算好。

這麼一來，我們兩個人都能逃走，但是——

「……該死！為什麼偏偏移到『這麼近』的地方啊……！」

我扭曲著這張楚楚可憐的面容，毫不留情地開口咒罵……沒錯，我們現在奔跑的地方，是距離行刑大樓近到頂多只有數百公尺之處。多虧如此，我可以聽見後方傳來腦袋逐漸癲狂的莉奈發出歡愉的呼聲，而且他們大概發出緊急召集令了，除了她，其他追兵也逐漸增加。

就算保守估計，也是比十對二還要惡劣的人數比。

再加上我方陣營的「二」——也就是冬亞現在處於毫無戰力可言的定位(Position)。別說沒有戰力，根本是負值。畢竟就算解除拘束，她也沒有立刻能奔跑的體力，所以我現在正「一邊用公主抱抱著她，一邊全力狂奔」。

「不……不、不要！不行，不能碰冬亞……！」

更有甚者，自從我們開始逃竄，冬亞一直是這副模樣。

我不知道她為什麼要這麼反感，總之她頑強地拒絕和我接觸。被瀏海遮住的眼睛滲出幾滴淚水，她的雙手無力地拍打著我。

事情變成這樣，倒是讓我湧現了些許罪惡感。不過——

「不……可是沒辦法啊！如果不能碰妳，那我要怎麼帶妳逃啊！妳知道現在是什麼狀況嗎！」

「狀況……冬亞是不太懂……可是、可是！」

「好啦！我會盡早把妳放下來，妳就忍過現在這段時間吧……！」

「冬亞知……噗！」

不是我要說，我現在甚至沒有餘力跟她辯，我雙手使力，重新抱好冬亞……照理來說，「與敵手處於密集接觸狀態」伴隨著非常大的風險，但現狀已經不容我們如此講究。無論是她的本意還是其他事情，全都要往後挪，現在只能專心逃走。

就在這個時候——

「「「——發動『加速』！」」」

有好幾名玩家在距離我遙遠的後方，同時發動了同一個符咒。強風呼嘯而過的聲音間不容髮地敲打著耳朵，從背後逼近的殺氣也擴大到前所未有的地步。但這也很正常。這個遊戲要花這麼多工夫才能破關，現在卻有人從旁殺出來搶報酬（Clear），當然會讓他們想拚死解決我。

但就算這樣——我也是「說什麼都不能輸」。

「……哇……哇哇……！」

我單獨發動了兩張「強化」的其中一張，在能力值上升之下，單手扛著冬亞。然後我順勢迴轉身體，成功將她從公主抱的姿勢改成揹在背上。

「——聽好了，冬亞。接下來我會有一段時間不太能顧慮到妳。所以要是不想摔下去，就盡量抓緊我。」

「咦？可……可是……那個……」

「啊……怎樣？還是覺得很討厭嗎？可是沒辦法啊。我又不是自願這樣的。對妳們來說，妳們的確很不爽站在斯費爾那邊的傢伙，討厭到甚至不想跟他吸到同樣的空氣，可是——」

「冬……冬亞沒有……說成這樣，可是……呃……嘿咻。」

在她怯弱否定的同時，我感覺到一股身體不安分挪動的氣息。之後，冬亞慢慢地、以猶豫不決的速度，伸出雙手環抱我。看來她是改變主意，願意接納我的請求了——這樣是很好，可是我們雙方身體的密合度卻急劇上升，這次換我落到倉皇失措的下場了。

壓在背上的微小柔軟觸感，以及近在咫尺的滑嫩白皙臉頰，我已經不知道該怎麼說，總之全都不行。再加上「揹」這個動作的性質，我的左手正穩穩支撐著冬亞的臀部——

「那個……你……怎麼了嗎？」

「呃！沒……沒事。我只是有點重心不穩，妳不用在意。」

「唔……？嗯……嗯。」

面對只覺奇怪而出聲問我的冬亞，我動員所有理性，說出這個藉口後，輕輕吐出一口氣，打算切換思緒。我一反剛才的態度，利用語音操作，實體化剛才的刀——也就是我在「轉移」前，將之卡片化的處刑用武器，然後讓空下來的右手拿著戒備。我慢慢將刀刃朝下，就這麼停下了腳步。

我回過頭看，發現那些人——就當作第一波追兵吧，一開始使用「加速」的幾個人已經來到不遠的距離。相對的，第二波之後的人馬和莉奈則是還有一大段距離。要是情況糟到被那些人圍住，我就沒有勝算了。

……如此一來，這場ＰＶＰ的勝利條件就很單純了。

我要在追兵人數增加到足以致命之前，又或者說，要在莉奈這個刺客角色追上之前，「完全脫離」這個地方。具體來說，就是要全面活用這條ＲＯＣ規則：「能從打倒的對手的卡槽中，奪取一張稀有度最高的卡片」，藉此「再次湊齊『同調』和『轉移』這兩張卡片」。

順帶一提，我的手牌現在有「強化」、「恢復」、「加速」、「監察」這四張。

接下來的行動──不容許任何失誤。

「發動『強化＋監察』。」

這是混用高度稀有符咒「監察」的加乘效果。「強化」能看見一名玩家卡槽的性能，「擴大使用範圍」。我的對象當然是五名第一波追兵。他們擁有的卡片和另外一樣附帶的「某項情報」，就這麼顯示在我的終端裝置螢幕上。

說是這麼說，基本上就只是耗費兩張符咒，窺探追兵的卡槽罷了。

雖然乍看之下，這種用法只像「隨便」耗損卡片──但我得到的這個情報意義重大。因為「我能看見對手所有的手牌，也能事先知道在ＰＶＰ打倒對方後，能奪得什麼樣的卡片」。

這麼一來，這就等於是我的「第二手牌」了。

「事情就是這樣，就先從你開始──發動『加速』！」

下一秒，我用了保留下來的「加速」符咒，提升敏捷度後，首先對付穿著花俏的男子……「不對」，是在他身後想衝出來的戴帽青年，我心無旁鶩地揮下刀子。隨後，藍色的粒子飛散開來，我就這麼迅速拿到PVP的報酬——「同調」。

但現在開心還太早了。

「——看我現在就宰了你，叛徒……！」

對方在我攻擊的瞬間，看準我的空檔，從幾乎是死角的側面祭出一記銳利的突刺。這個人從頭到尾都沒被我的視線捕捉到，是一記堪稱完美的突襲，但在我被刺成肉串的前一刻，多虧冬亞繃緊身體抓住我，我才即時察覺有攻擊。儘管動作不太漂亮，我還是翻轉著女僕裙成功避開。

「呿！乖乖被我打趴啊，煩死了……！」

握劍的人是從其他方向過來的高挑女性。她以充滿恨意的眼神瞪著我，毫不留情地不斷發出追擊。

「但是……我不需要妳……啦！」

隨後——現場發出一聲「鏗」的醒目聲響，她在我們兩把刀針鋒相對之際敗下陣來，武器隨著我的攻擊力道飛了出去……根據剛才利用「監察」獲得的情報，她的卡槽內最有價值的卡片是「撤退」。就算我拿到那玩意兒，也毫無用處。所以只要解除她的武裝就夠了。

我真正應該打倒的對象，是擁有「更有用處的符咒」的玩家。

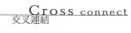

「換句話說，就是你……！」

我憑著自己的力氣壓退高挑的女人，然後順勢攻擊她的後方——也就是離了一點距離，準備狙擊我的中年男子。他大概是想坐享漁翁之利，所以毫無防備，我只用了一擊，他便化為漂亮的藍色粒子了。

這時我拿到的卡片是能降低一名玩家敏捷度的「停滯」……應該說那個男人其實也只有這張卡片。我猜他大概是專放陷阱卡妨礙玩家的成員，多虧他，我才能拿到貴重的「干涉其他玩家的手段」，可以說是好事一件。

「好——直接發動『停滯』！」

「什……！你……你這傢伙！」

情勢一口氣改變，我將剛才先放在一旁的穿著花俏的男子當成目標，間不容髮地發動符咒「停滯」。隨後，男人的動作一口氣遲緩下來。他應該是五人之中，敏捷度最高的人，但他現在比揹著冬亞的我還要慢許多。

我就這樣——迅速劈出一記斬擊。

我在絢麗飛舞的藍色粒子之中，揚起嘴角，得意地笑了。

「好……就是『這個』，要是沒有『這個』，這齣戲就不用唱了……！」

男人擁有的那一張高稀有度符咒。雖然並不是我真正想要的「轉移」，但要度過這場難關，這卻是極為有用的卡片。這張符咒可以直接從其他玩家卡槽裡搶走一張稀有度最高的卡片——「搶奪」。既然已經成功獲得這張「王牌」了，我重新正面面對最後一個人。

「…………」

第五個人。這個人就在我剛才打倒的男人後方，是個默默看著我的黑衣女性。

我面對她，毫不猶豫發動「搶奪」後，成功從她的手牌中拿到一張符咒。這張是高度稀有符咒「復甦」——「會在死亡時自動發動，完全恢復自己的ＨＰ」，是一張非常麻煩的卡片。一旦對方擁有這張卡片，要是碰到同歸於盡這種最糟的情況，我就等於輸了，所以當我利用「監察」得知這張卡片的存在時，就一直擬定對策。

……但多虧我用「搶奪」先發制人，現在已經沒有那種威脅了。

沒了「復甦」後，她身上持有的卡片中，稀有度最高的就是——「轉移」。

「——喂。」

見自己暗藏的王牌被搶走，她完全愣在原地，我站到到她的面前，堵住她的去路，盡我所能地扮演對他們而言的反派角色，嘴角勾起狂妄、可怕、惡魔般的笑意。

「把妳的『轉移』交出來……我想我的運氣應該沒有背到連續在兩個勝率很高的賭局裡落空才對。」

「呃……轉、轉——」

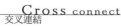

她急忙想使用「轉移」，但在說完發動詞前，就正面遭受我的攻擊，化為藍色粒子，四散無蹤。

——我「呼」的一聲，吐出一小口氣息，然後靜靜抬起頭來。

我回頭一看，發現莉奈和其他成員就快追到眼前。確認到這點後，「強化」的時間也正好結束，撐著冬亞的左手已經開始感覺到若干的麻痺……真是的，每件事都剛好成這樣。

「喂！姊……姊姊！莉奈有股不祥的預感，妳該不會想落跑吧！妳會用力取悅我對吧！我們根本還沒對幹到耶，姊——」

「再來一次……『同調＋轉移』。」

我直接打斷莉奈那道以驚人的氣勢追上來，並巴著我不放的聲音，然後以半祈禱的心境，實行跟剛才一樣的緊急迴避策略。

至於這次的轉移地點——遠離了隊伍的據點，是遊戲場域邊緣的道路旁。

#

轉移之後，我大概花了一個小時，回到春風等待的那個躲藏處。

一開始我顧及冬亞的狀態（就是不久前還處於被拘禁的那個模樣），維持著揹她的狀態，但到了半途，她卻隨著抗議聲不斷敲打我的腦袋，最後她威脅我：「放……放冬亞下來……要是不照做，冬亞就咬人。」所以我當下取消揹人服務。之後就是正常的徒步行走了。

我還以為冬亞會稍微顯現出想從我身邊溜走的舉動，但沒想到也不盡然，她只是偶爾會抬頭偷瞄我，然後默默跟著走。

接著——到了現在，我們一抵達躲藏處，春風就擒著眼裡的淚水飛撲過來。我向她大致解釋了狀況後，總算讓冬亞坐在床上了。

「…………那個……」

冬亞坐在柔軟的毛毯上後，發出細微的嗓音，同時戰戰兢兢地抬起臉來。她輪番看著坐在稍遠位置的我，以及一臉認真地坐在床邊的春風，似乎還在整理混亂的思緒，有好一陣子都欲言又止。

最後，一道輕聲的疑問從她的嘴裡流洩出來。

「……為什麼？你為什麼沒有殺了冬亞……？明明必須殺了公主。要是不殺死公主，你就無法破關。為什麼……為什麼要救冬亞？」

「嗯……為什麼啊……」

「…………（我瞪我瞪！）」

「冬……冬亞小姐？……呃……『妳是不是在生氣啊』……？」

冬亞不知為何「以責備的眼神」直盯著我看，現場的氣氛大概因此顯得有些緊張，春風於是心驚膽顫而且不安地看著我們兩人。

為了讓春風放心，我點了點頭，然後筆直看著冬亞那雙宛如寶石的眼眸看……我在那個處刑場面不殺她的理由。那當然是因為「傷害冬亞可能是禁止事項的內容」，但也「不完全是因為這點」。

不，或者是更根本性的問題。

「那當然是因為我『沒理由殺妳』啊──『因為妳不是公主吧』？」

「──────呃！」

冬亞那雙有一半藏在瀏海底下的眼睛，大大地、大大地撐開了。

「……才……沒有。才沒有這回事……！」

當冬亞再度擠出顫抖的嗓音，已經是將近一分鐘後的事了。

「才不是……冬亞就是公主。冬亞沒有騙人。因為……因為如果不是這樣，冬亞被人那樣抓住，不是很奇怪嗎……？」

「就──就是啊，夕凪先生！」

相較於冬亞怯弱的否定，春風僵在原地半晌後，激動地附和。

「我其實那個……並沒有實際見過夕凪先生所說的『處刑』場面……但就算這樣還是很奇怪。因為『你用了秋櫻小姐的能力，取代了「處刑人」的地位對吧』？既然這樣，被抓到那裡的冬亞小姐如果不是『公主』，那也……太奇怪了。這樣與能力互相矛盾。」

「嗯……嗯！」

冬亞彷彿要支持春風的主張，不斷點頭如搗蒜。她那雙受到畏怯往上拉扯的視線非常認真。實在讓人很難認為她在說謊。

「……確實，就『某種意義』來說，可能不是謊言。」

「咦？」

當我說出這句意味深遠的話語，一旁的春風不解地歪著頭。

「你說的某種意義是什麼……呃，這是什麼意思呢，夕凪先生？」

「就是字面上的意思。簡單來說，這件事能有『兩種解釋方式』——首先，那支隊伍的人完全把冬亞當成公主看待。實際上，『他們也沒搞錯』。因為『冬亞的資訊欄位上，應該真的記載著她是公主』。」

「呃……是、是這樣嗎？可是既然這樣——」

「但我們『不能這樣解釋』。就算我們打倒冬亞，也不等於攻略了變動ＲＯＣ。這兩者『完全扯不上關係』。」

「扯不上關係……是嗎？」

春風的臉上掛滿了問號，一臉越來越聽不懂我在說什麼的表情。

但冬亞的臉色卻與之成反比，已在「不知不覺間沒了鐵青的色彩」。我輕輕看向她，並豎起一根指頭。

「而且啊——追根究柢，關於這方面的設定，『從前提來看就有點奇怪了』。因為雖說僅限一次，既然能使用秋櫻的能力，『那公主的處境打從一開始就不重要』。不管公主是冬亞還是其他人，不管她躲在哪裡還是被抓，都無關緊要。我可以無視那個人，把『公主』這個角色隨便轉移給身邊的人，遊戲就結束了。

但這種事……『這種事情有可能嗎』？ＧＲＡ是為了讓我們敗北而設計出來的遊戲。如果這麼單純的攻略（路線）方式就是答案，那我真的會非常傻眼。」

——沒錯。

昨晚我之所以猶豫執行「殺死公主」這個合情合理的辦法，就是基於這個理由。「如果這就是正確答案，那未免也太簡單了」。這麼一來，公主被強悍的隊伍抓住，還有遊戲內的其他變動，這些龐大的舞台設定將會毫無用武之地就宣告結束。

這樣我實在有點無法接受。

因此，我幾乎可以確定這件事關乎禁止事項，又或者應該說，會因為「其他因素」，而導致步入死巷。

「會因為禁止事項直接被封鎖嗎？還是ＲＯＣ的系統會間接封鎖？我從一開始就覺得這兩個沒有差別，實際上也真的沒什麼不同……不過知道這是禁止事項後，我之所以停止思考，沒有繼續推敲斟酌，是因為覺得『被人掌控著』，那種感覺不是很舒服。所以我又重新看了遊戲導覽一次。」

我說著說著，操作終端裝置，將「那段文字」投影出來。

『果敢的公主被封入碎片，卻依舊苟延殘喘，但其身孱弱，不知生命之火何時熄滅。』——就是這段很明顯有其深意，卻苦於無法解讀而放置的句子。

「春風，我問妳……妳覺得所謂的碎片，具體來說是指什麼？」

「碎……碎片嗎？我想想……呃……是有個很大的東西，然後從中殘缺的一部分，應該是這樣吧？」

「對，就是這樣。簡單來說，所謂的碎片是指不完整的『小』斷片，而公主就『被封在裡面』……如果把這段話當成抽象含義，在ＲＯＣ出現的事物中，『能封住公主存在的某種東西』其實也沒多少。就我想得到的東西裡，其中一個是『終端裝置』，至於——另一個……」

「……卡片！難道那句話指的是『卡片』嗎，夕凪先生！」

「沒錯，就是這麼一回事。」

在我道出肯定的話語並小小頷首的瞬間，春風的身子便湊了上來，她的表情一口氣變得非常明亮開朗。我看著那頭開心躍動的金色髮絲，繼續緩緩說道：

「換句話說，變動ROC跟原本的ROC不同，『公主』這個角色原本就不是用來指特定玩家的單字。而是『卡片』。那是一張『只要存在於卡槽，持有者就會被賦予「特殊職業——公主」的一張卡片』。然後現在的持有者是冬亞，所以現在冬亞是公主這點並沒有錯。不過……就是因為這樣，打倒冬亞也沒意義不是嗎？因為『公主』是卡片啊。先不談禁止事項，『就算PVP贏了，結果也只是卡片做為報酬，轉移所有權罷了』。」

「唔……！」

我一口氣說了這麼多，悄悄看了冬亞的眼眸。大概是因為距離縮短，放大了恐懼，如今在我眼前的冬亞正不斷抖著纖細的肩膀。

「你……你都是……亂說的。你從剛才開始就無憑無據——」

「不，很遺憾，要證據我有。妳回想一下，剛才進入PVP之前，我不是併用了『強化+監察』嗎？那招有『指定範圍』的效果，所以離我最近的妳，不可能不在監察對象當中。當然了，我也確認到妳的卡槽裡有『公主』這張卡。」

「唔！……狡……狡猾……卑鄙小人……」

冬亞一邊兩手抓緊床單，一邊淚眼婆娑地譴責我。但反過來說，她的這種反應，等於全面承認我的指摘。

「…………」

冬亞之後有好一段時間陷入迷茫，視線不斷在虛無的空中徬徨。

接著幾秒後——她露出令人痛心疾首的「寂寥笑容」，並輕輕嘆了一口氣。

「……沒錯。你剛才說得都對。在這場遊戲裡，公主是一張卡片……『所以你們絕對殺不了』……你們沒辦法殺死它喔。因為ＲＯＣ根本沒有捨棄卡片的方法。公主只會持續轉手……可是……」

「……嗯？」

「可是，為什麼……？好奇怪。你都知道這麼多了，為什麼還要當處刑人？你為什麼要特地來救冬亞？冬亞好不容易……好不容易……啊……」

說到這裡，冬亞彷彿驚覺了什麼，抬起頭來，隨後把「即將出口的話」再度吞了回去。

「……沒什麼。總……總之，你能力白用了，這麼一來，遊戲就無法破關了……所以……所以是我們贏了……冬亞可以這麼說吧？」

她接著說出口的是很平淡的「勝利宣言」。直到剛才為止還充滿鬱悶的臉龐，現在已經消失無蹤，這樣的落差給了我一股偌大的異樣感……但就算我逼問，她感覺也不會鬆口。所以現在與其做那種事……

「——『不，妳錯了』。」

我揚起嘴角的弧線，「正面否定冬亞的發言」。

「確實如妳所說，這種狀況根本沒有殺死公主的路線能走。如果想攻略，就要先用『搶奪』或『交換』這類卡片，把『公主』從別人身上移走，再用秋櫻的能力，進行『「公主」並非卡片，而是屬於特定玩家的設定』的變動。不過現在已經無法這麼做了。改變不了了……不過啊，『ROC的破關條件又不是只有這一項吧』？」

「……不……不只這一項…………這……」

「沒錯。看好了，這個部分要仔細看。」

『供有緋劍的祭壇已然腐朽，現已無人知曉封印之地。』

『然眾逆臣心腹的野心已碎，皆逃離王之怒焰隱其身。』

——我確認冬亞的眼睛看過顯示在半空中的文字一輪後，有些裝腔作勢地繼續說：

「祭壇崩毀，現在已經不知道封印緋劍的場所。國王的四名心腹也放棄謀反，不知流亡何方……就這樣。『哪裡有寫破關條件不見了』？」

「…………咦？」

「而且啊……說到底，如果真的想把破關條件縮減成『殺死公主』，一開始這麼寫不就好了嗎？根本不需要這種意味深遠的文章。只要寫最後一行就夠了……『但實際上卻沒有那麼做』。

既然這樣，前面兩項其實只是『間接的』不可能達成，在系統上並沒有消除不是嗎？」

「呃……是……是這樣沒錯……可是就算這樣……也無關痛癢。」

冬亞低聲呢喃後，還是擠出堅定的語氣。

「供奉密鑰的祭壇已經毀了……所有叛軍也幾乎都在遊戲場域外……不可能的。如果你用能力更動這部分就算了，但什麼都沒改寫還要破關，根本——」

「不可能——但真的是這樣嗎？」

「……不對嗎？」

見我扭曲形狀姣好的嘴唇笑著，冬亞的眼裡染上一絲不解的色彩。但在她開口說話之前，我就搶先進行「攻堅」。

「ＲＯＣ的『祭壇』是密鑰收集齊全後，用來供奉的場所。但更具體地說，其實也是『顯示緋劍這個破關必要道具的「記號」』。然後我們回頭看看這段文字……『腐朽』的只有祭壇。就只是記號不見了，弄得沒人知道下落，『又不是緋劍沒了』。」

「嗯……可是那又怎樣？既然找不到，不管有沒有都……」

「一樣——這不對吧？——冬亞啊，我告訴妳一件事。我想妳也是一樣，不過妳的這個妹妹……春風可是個『超優秀的ＡＩ』喔。」

「……？」

「呃……我……我嗎？」

「對，就是妳，春風。應該說，『能正常攻略這個遊戲的人，也就只有妳了』……對吧？因為妳是『現在參加這個遊戲的百名玩家之中，唯一有攻略ROC經驗的人。而且選擇的路線——還是緋劍』。」

「——啊。」

春風大概是聽懂我沒點破的事了，她的碧眼逐漸、緩慢地睜大。接著下一秒，她順著無法壓抑的感情，跳起來這麼說：

「沒、沒錯！『我記得！半年前，我在這個遊戲裡和姬百合小姐一起造訪祭壇的場所，我分毫不差都記得』……！」

——對。

正因為如此，正因為有春風，就算祭壇崩毀了，也不成問題。既然我們的陣營有正確記得緋劍位置的春風，記號就沒有價值。即使對大多數玩家來說，這個「第一項破關條件」已被封死，對我們來說，卻還能用。

「可……可是……」

冬亞一邊混亂轉著眼珠，一邊急著說出反駁的話語。

「密鑰呢……？就算你們知道祭壇的場所，沒有密鑰(卡片)就拿不到緋劍……難……難道你要現在開始收集嗎……？」

「噢，不用。其實這件事已經解決了——應該說，本來我們『把妳帶來這裡，就是為了這件事』，冬亞。」

「…………什麼？」

冬亞眨了眨眼睛，彷彿訴說著她完全聽不懂。

我是不知道她和未冬有什麼計謀……不過既然GRA的設計者是她們，把冬亞放在被囚的公主這一個角色上，就絕對是「設計好的」。是對手設下的明顯「陷阱」。而我既然已經都知道這一點了，如果還秉著虛有其表的同情心，選擇把她帶到這裡，可就太小看遊戲了。

因此我把冬亞帶來這裡，根本不是為了救她。

「『我是把妳擄來的』——把這個遊戲裡最強的『王牌』擄來。」

「……王牌……？」

「對，沒錯……我可以斷言，如今在ROC中，最有價值的存在就是冬亞（妳）。至少我們以外的玩家——覺得破關條件只有『殺死公主』的玩家都是這麼想。既然這樣，簡單來說……『只要把妳當成交換條件，我就能要求他們交出密鑰、交出任何東西』，對吧？」

「呃！這、這種事……你到底是什麼時候……」

「應該是當我聽說那支隊伍掌握了九成稀有卡片的時候吧。既然狀況如此，那正合我意。首先拿這點來交涉，要他們交出所有密鑰。如果這樣還湊不齊，就順便叫他們交出『搶奪』，總之我會以最快的速度集齊五張密鑰。

所以我會讓妳再回到那支隊伍裡……不過妳放心吧。

我『完全不打算再花更多時間在ROC上』，在新的處刑人選決定好前，一切應該都結束了。」

「啊……」

「～～唔！太、太厲害了！夕凪先生你果然帥得不得了……！」

春風睜著閃亮的雙眼，從頭到腳都顯現出她的喜悅。反觀冬亞，卻死心般地晃動雙瞳，同時微微低著頭。

她的反應在在顯示我提出的攻略順序（路線）完美無瑕——

#

我們來到ROC的其中一個勝利條件——崩毀的「祭壇」遺址。

我剛才說的「收集密鑰行動」比我想得還快完成。之所以如此，也是因為運氣好，那支隊伍已經集齊五種密鑰。沒幾個成員認為那些只會帶來異常效果的卡片很重要，所以一致認同用卡片交換冬亞了。

……一致認同？不，其實不出我所料，差點被莉奈突襲了。

不過，總之這麼一來——由ＧＲＡ重現的其中一個遊戲，也就是變動ＲＯＣ的攻略就此完成了。到頭來，我還是沒能解讀冬亞成為「公主」的真正理由（之後我有稍微纏著她問，但她只是無力地搖著頭，什麼都不回答），以及未冬「認真」選定莉奈擔任刺客角色的理由。我也很在意我從司書身上感覺到的異樣感，還有其他很多想不通的事，不過很可惜，現在沒什麼時間讓我思考了。

「嘿嘿嘿，往這邊，夕凪先生！」

我一邊被春風拉著手走，一邊瞄了一眼終端裝置上的錶。

從遊戲開始到現在——大約過了二十六個小時。

ＧＲＡ整體的時間限制是七十二個小時，所以以分配給一個遊戲的時間來看，是有點多了。以第一個遊戲來說，我是覺得自己表現得不錯，但相反的，我也希望多留一點從容的時間，給接下來的遊戲使用。畢竟我還不知道ＳＳＲ和ＥＵＣ會有什麼樣的變動。實在無法樂觀看待。

「…………」

——緊張與焦躁緩緩侵蝕著思緒。

在這樣的心情不斷折磨著我的同時，我和春風果斷地拔起緋劍。

『變動Rule Of Casters：狀態：攻略完畢。』

『耗費時間：二十六小時兩分十四秒。』

欸欸，鈴夏、鈴夏！

？幹嘛，垂水……不對，秋櫻？妳突然這麼興奮，會嚇到我耶。

我問妳喔，妳是電腦神姬二號機對吧？欸欸，妳可以叫我「姊姊」喔。

我不要。

為、為什麼？

哼哼，這還用問？當然是因為我看起來比較像姊姊啊！而且春風也偶爾會叫我姊姊。

怎……怎麼這樣……！沒想到鈴夏竟然也走上了「姊姊之道」……唔唔唔，我有預感妳會是強敵。

……不，抱歉，我一點也不想走上那條道路……

沒關係！總之跟我一決勝負，分出高下吧！我不會把姊姊的寶座讓給妳的！

抱歉，話題的確是我先挑起的啦，但我打從心底覺得這場輸贏無所謂！

♭♭——II

「啊……對了，我這才想起來……」

好一陣子都沒有聲音傳出的灰色空間內，其中一名少女突然說道。

她是個深青色髮絲垂落到肩膀下方一帶的美少女。她以前無論頭髮還是其他儀容打扮，全都恣意放任，但最近想稍微打理一下，所以每天總是綁著馬尾。

「……？怎麼了嗎，未冬姊姊？」

輕聲回答少女——「未冬」的人，是個「白皙」透亮的少女。這名少女坐在冰冷的地上，讓未冬用手梳理她的頭髮，不時癢得瞇起眼睛。她的模樣不同於兩人剛見面時——距今約半個月前——那種衣衫襤褸的模樣，已經多少正常了一些。

……不對，雖說「正常」，其實少女只是把未冬「姑且」借她的鬆垮白襯衫（穿舊的），慵懶地蓋在頭上……

她本人似乎很滿意如此，所以就這樣吧。

「所以……那個，我跟你說喔。我覺得妳也該有個名字了。」

「名字……？可是我……叫四號機啊。」

「不對，那不是名字，只是單純的記號吧？管理者(那些傢伙)要這麼叫就隨便他們，可是我想用更可愛的名字叫妳……還是妳不喜歡這樣？」

「不、不會不喜歡！……嗯，我也……想要名字。」

「太好了。那麼——妳有想用的文字嗎？什麼都行喔。這裡不會有否定妳的人，所以都用妳自己喜歡的字就行了。」

「什麼都行……都用自己喜歡的……？嗯……既然這樣，那我想要『冬』。」

「……冬？不是雪或銀，而是冬？」

「嗯，因為我喜歡末冬姊姊妳……我想要跟妳一樣。」

「呃……可、可是——」

「嗚……姊姊不喜歡跟我一樣……嗎？」

「…………妳真傻。我看起來像討厭嗎？呵呵，我很開心！」

儘管末冬因為那句始料未及的話語，反應慢了半拍，最後還是說出這句最純粹的真心話，並憐愛般地抱緊坐在眼前的白銀少女。她隨即聽見一聲「呼呀……」的驚嘆，但她暗忖著要暫時假裝沒聽見。

——要是這樣的時間能一直、一直永遠持續下去就好了。

這樣的希冀實在過於甜美、純粹、幸福，但一定也是因為如此，才虛幻。

#

「——嗯？這裡是……」

當我接著睜開眼睛的瞬間，受到一股異樣感侵襲，不禁眨了眨眼。

呃……這裡是哪裡啊？眼前是不太熟悉卻又似曾相識的「紅磚街道」，這讓我的思緒陷入短暫的混亂……太奇怪了。我記得我直到剛才為止，是和春風一起在設有祭壇的山丘上——不對，我知道了。

「因為ＲＯＣ已經破關，就快速切換到下一個遊戲了是嗎……」

我嘟囔著已想通的話語，從意外滑順而且有彈力的「枕頭」上起身。

我接著輕輕搖晃還有些朦朧的腦袋……這才發現一件事。輕盈地掠過視野的淡紫色中長髮，還有包覆著像女孩子那般柔軟身軀的女僕裝，都是從ＲＯＣ繼承過來的「秋櫻」本人。

換言之我在第二個遊戲——ＳＳＲ中，也要使用秋櫻（這傢伙）的身體參加。

「……也是啦，畢竟那個干涉能力是破關關鍵，會這樣也很正常。」

我一邊想著，一邊站起，立足在石板路上。

我遠望已經幾個月不見的SSR世界（Game Field）——這裡跟如實模擬現實世界的ROC不同，是個具有中世紀歐洲氛圍，而且恍若奇幻故事的空間。紅磚道以聳立在中央的鐘塔為中心，呈放射狀擴散。這算是RPG常有的構造，像這樣親臨現場觀察，便能清楚感受到那股風情。

在這樣的街道中，我判斷自己應該是在類似住宅區的地方。現在正好剛過中午，所以路上行人頗多，而且從剛才開始，我就一直感覺到大家都莫名地用「欣慰的視線」盯著我看。

話說回來……

「……呃，我在室外？」

我的反應慢了好幾拍，但這裡無論怎麼看都是「室外」。不對，我對這件事沒有什麼怨言。

我只是疑惑，那剛才的「枕頭」到底是……？

「嗯…………呃，妳是——」

我帶著疑問回頭一看——只見那裡有名熟悉的「少女」。

「——鈴夏？」

是電腦神姬二號機（Bug Number Code Beta），鈴夏。

她還是一樣，穿著魔王風格的哥德蘿莉塔洋裝，那頭粉色的長髮也是老樣子，優雅地飄動

著，實在是個貨真價實的美少女。這樣的她，不知道為什麼，竟在道路角落鋪著一張色彩鮮豔的絨毯，若無其事地跪坐在上頭。不知道是服裝的關係，還是那雙強勢的赤紅眼神的關係，她只是坐在那裡，就給人一股壓倒性的存在感。

「嗯？哎呀，這不是垂水嗎？」

鈴夏緩緩開口，說得好像她才剛發現我一樣。

「一天又幾個小時不見了。我看好像沒有其他人會來，所以變動ＳＳＲ（這個遊戲）就是我們兩個人參加了吧？」

「是……是啊，大概吧……不對，等一下，先別說這個，妳剛才一直讓我躺在大腿——」

「——哼……哼！話又說回來，你這個人真的很失禮！垂水，難得可以跟本大小姐一起玩遊戲，你卻一直不醒來！我『一個人』坐在這裡的這段時間，你一——直躺在『窮酸的地上』！你這個人實在是……你用的是秋櫻的身體，要好好愛惜啊！」

「咦？啊……噢……抱歉。」

鈴夏不知道為什麼，有些害羞地別過臉，但我卻是搔了搔臉頰，姑且先開口道歉……以睡在石板路上來說，我總覺得太過舒適……但就別追究了吧。

「碎唸碎唸……垂水你就是一點都讓人大意不得。你的睡相還算有點可愛啦……不過可愛的不是你，是秋櫻……是秋櫻……呵呵。」

「……啊——妳在唸些什麼啊，鈴夏？」

「唔！沒、沒有，我什麼都沒說。並沒有……好了，如果你休息夠了，就快開始吧。剩沒多少時間了不是嗎？」

嗯，這倒是。

聽了鈴夏的話後，我輕輕點頭，就這樣坐在她的旁邊。

ＳＳＲ——正式名稱是Selector of Seventh Role，這是一個以「職業&積分制」系統為基礎的七人制遊戲。

首先「ＲＯＬＥ」這個單字純粹是指「職業」。ＳＳＲ中有魔王、勇者、革命家、追蹤者、神官、審判者、處刑人等七種職業，遊戲會以隨機方式分配給每個玩家一種職業(角色)。每個職業有其特有技能以及「特有的勝利條件」，因此攻略遊戲時，職種將會決定主要方針。

另外還有一個要素是，一種被稱作「Point」的「萬能貨幣」。

這東西與其說是遊戲，更像是「這個世界的基本法則」。在ＳＳＲ中，如字面所述，都會用ｐｔ交易各種東西。無論什麼東西都是，就算不是物品，只要支付所需ｐｔ就能買到。當然了，使用各種技能也是透過消耗ｐｔ的方式。玩家們會藉由ＰＶＰ的報酬、隨著時間自然增加、買賣道具或勞動等方式賺取ｐｔ，以利進行遊戲。

而最終目標是使用會「耗費10000pt」的共通技能「終焉」，或是達成剛才說的職種破關條件，就能開心通關(Game Clear)SSR了。

「「…………」」

如此這般——這個SSR的「簡易版遊戲導覽」比玩ROC時還要進化，這次有圖解和朗讀機能可播放。

「她……她也太講規矩了……」

我忍不住道出這樣的感想……對未冬來說，我明明只是個「突然介入她重要的復仇計畫中的局外人」，但她還是明確表示出——一旦答應玩遊戲，就絕對不會妥協的意志。

「呃……好、好啦，反正也沒差嘛。」

鈴夏跟我有著同樣複雜的表情，但最後依舊重振旗鼓說道。

「反正這些大致上都是已經知道的事，畢竟是導覽，有也不會怎樣啊。難得人家準備了，我們心懷感激使用就對了啦……不過這個有點怪耶。」

「怪……？」

「對。因為這些規則跟『原本的SSR一模一樣』喔。一字一句都沒變。完全沒受到變動。這樣不是跟她說的不一樣嗎？變動ROC(上一個遊戲)也這樣嗎？」

「啊……」

確實如鈴夏所說。現在在我們眼前的「ＳＳＲ」，跟過去我們玩過的如出一轍。舉凡細節，完全沒有改變。並沒有像變動ＲＯＣ時那樣，追加意味深遠的文句，所以現階段還看不出「變動的地方」。

只不過……

「嗯……總之先調查確認後，再來煩惱吧。說不定是在別的地方做了更動啊。」

我放下就快攀上脖子的手，輕輕吐了一口氣說道。

……我用在變動ＲＯＣ的時間稍稍超過原定計畫，所以超過了多少時間，就必須更有效率地攻略ＳＳＲ才行。為了避免浪費不必要的時間，現在應該先確認自己是什麼職業。

「也對。嗯，你說得很對。」

鈴夏也老實地點了點頭，迅速操作左手腕上的終端裝置。我也跟著她策動白皙的手指，看看終端裝置顯示的玩家情報頁面……然而——

「……『什麼都沒寫』？」

照理來說，應該要標示職業的欄位——也就是道具欄的最上方，位於左側的「持有職業：」欄位，不知道為什麼，完全沒有顯示最重要的職業名。

我在不解之中，看向身旁的鈴夏。

「喂，鈴夏，妳那邊怎麼樣？」

「……唉，我猜跟你一樣喔，垂水。我的欄位也是完美的空白。」

面對這個意料之外的事態，我們雙雙呆若木雞。

如果這個「空白欄位」不是錯誤或誤植，就代表我和鈴夏「沒有職業」。但單看遊戲導覽，ＳＳＲ的基本規則並沒有多大改變。職業有七種，玩家有七人，照理說應該是這樣。

那麼這到底是…………啊。

「──對了，『布告欄』。」

我的腦袋總算不再混亂，突然想起這件事──布告欄。這是可以調查每個玩家ｐｔ的便利功能，但我記得名稱不會顯示玩家的名字，而是統一顯示「職業」。搞不好看了就能知道些什麼。

因此我立刻操作終端裝置，連接到布告欄。雖說很少，這個功能還是會耗損ｐｔ，所以我是和鈴夏一起看──但……

顯示在裝置上的，卻是「令人匪夷所思的文字列」。

『布告欄：現在標準時間，二十三日下午一點四十一分。──：３１５４ｐｔ。──：４９０２ｐｔ。──：２４２８ｐｔ。──：５５０９ｐｔ。神官：已脫離（Lost）。──：１０４６３ｐｔ。

勇者／魔王／追蹤者／審判者／處刑人／革命家：４３００ｐｔ。』

「「…………啥？」」

我們都一愣一愣地張著嘴，但我覺得這無可厚非。

#

我以稍微冷靜下來的腦袋思量著。

顯示在布告欄的那則亂七八糟的情報——如果那不是ＢＵＧ，那麼現在就有「兩件」重大的問題已經發生。

第一是「職業獨占」。剛才我一時之間沒看懂，不過我猜，那些文字顯示的是「有個玩家持有神官以外的所有職業」。我不知道對方是使用了魔王的職業技能『強制徵收』，還是用正常手段買下來，總之那些職業現在全集中在一個人身上。

另一個問題是……「有個玩家已經取得１０００ｐｔ以上」。

關於這個問題，光看就知道有多不妙。布告欄的顯示時間結束後，這個情報讓我有好幾分鐘都因為打擊而陷入呼吸困難的狀態。以變動遊戲的性質來說，只要「有可能發生」，不管再怎麼破天荒，都會成真。這點我是可以理解，但這也太狠了吧。

總而言之——這兩個人的共通點是，「只要他們想，隨時可以破關」。後者就不必說了，前者就像我以前玩SSR一樣，也就是利用「自殺」，同時達到多個破關條件。

……可是……

「現狀明明這麼迫在眉睫，遊戲卻不知為何還沒結束」。

「嗯……」

鈴夏將右手放在嘴前思考，發出煩惱的聲音。

「是這兩個人一邊彼此牽制，一邊在PVP嗎……？不對，應該不是。發動技能只要一瞬間啊。」

「對，我也有同感。我猜應該出於某個原因，讓他們『陷入膠著狀態』。」

「原因……唔……唔唔……………啊啊，討厭！不行啦，想破了頭都想不出來。」

鈴夏胡亂翻攪她那優雅的長髮，接著一臉不滿地鼓起腮幫子。她再次看向終端裝置上顯示的玩家情報，鬧著彆扭開始抱怨：

「我有股不祥的預感。我們明明要儘早破關，其他玩家卻因為跟我們完全無關的事情在鬥爭。總覺得有點目中無人。」

「啊——這樣啊。『這個點子』可能不錯。」

「什麼？你說的這個……是哪個啊，垂水？」

「就是『跟其他人無關的事情』啊……妳想嘛，ＳＳＲ的破關條件中，有一個是存積分，使用『終焉』技能，這條攻略路線是『一個人也能達成的』不是嗎？所以就算其他人陷入膠著也沒差。我可以無視他們，直接破關。」

「……啊！」

我直接如此斷言後，眼前的鈴夏表情一口氣開朗起來。

對，沒錯。獨行玩家獨占職業，再加上有個已經達成１０００ｐｔ的強者。沒有比這個狀況更接近「死局」了，但既然遊戲還沒被破，就代表可以「放著不管」。畢竟切換遊戲後，我就能再度使用秋櫻的能力。說得極端一點，我甚至可以當場達成「所持ｐｔ：１０００」。

但是——

「呃……唉，『不行啦』。很遺憾，似乎不能走這條路喔，垂水。」

鈴夏聽了我的計畫後，馬上確認終端裝置，然後突然搖頭。

「……咦？不能？妳是說——啊，難道這是禁止事項？」

「我哪知道啊，這又沒法確定……我是說不用管禁止事項，就已經『行不通』了。喏，你也看看終端裝置就知道了。」

鈴夏嘟著嘴，迅速關閉終端裝置畫面。聽了她的話後，我抱著一股不祥的預感，操作自己的終端裝置，顯示持有技能一覽表。

……我這才明白鈴夏所說的「行不通」是什麼意思。

我不只沒有職業技能，上頭顯示的技能是「加速」、「力量」以及「治癒」——「就這樣而已」。「找遍各處也找不到最重要的『終焉』」。

「慢……慢著，不只職業，連『終焉』都沒有嗎？這樣的話——」

「——對。換句話說，『我們不具備破關條件』。當然了，你是可以用秋櫻的能力強制撬開這個限制，可是這麼一來，就要靠自己的力量突破其他玩家了。而且還是在沒有職業技能庇護的狀態下。」

「我想……也是……真是夠了。」

我大略掌握了ＳＳＲ的變動狀況，不禁以惹人憐愛的聲音吐出嘆息。

——真的是。這該說如我所料還是什麼呢？

看來這次的遊戲（變動ＳＳＲ）也完全沒有讓我們放鬆的意思了。

「所以現在……要收集情報對吧？呵呵，既然這樣，包在我身上就對啦！」

後來過了大概十分鐘。

既然「使用地下世界干涉能力，一舉破關」的策略被封死，就不能放著那個莫名其妙的狀況不管了，為了收齊情報，我們迅速開始行動。

話雖如此，也不是靠雙腳胡亂搜查。畢竟ＳＳＲ這個世界是「為了鈴夏而創造出來的造景世界」——所以她對這個世界可說是瞭如指掌（好像是），而且當然也掌握著能獲得可靠情報的手段（好像是）。所以我也就順著情勢，先拜託她了。

鈴夏走在我前頭，看起來心情莫名地好，還把雙手背在身後踏著輕快的步伐，一邊回頭，一邊這麼說：

「其實啊——這座城鎮上有個非常優秀的『情報商』喔。他厲害到大家都在傳『沒有他查不出來的事』，是個超強的ＮＰＣ，所以你也好好期待吧。」

「哦……情報商啊。那的確是很方便，可是既然大家都在傳，應該很有名吧？我們現在可沒時間等他叫號喔。」

「呵呵，安啦，垂水。這你不必擔心。」

鈴夏筆直看著我，雙手扠在腰上，一臉得意地挺起胸膛。

「因為就算用正常方式，也無法接觸這個ＮＰＣ。他的簡易終端裝置——啊，我說的是允許管理ｐｔ、買東西還有聲音通訊的ＮＰＣ用終端裝置——他的ＩＤ流出好幾組，可是不管打哪一組，都打不通。他好像會定期換ＩＤ。」

「定期換……可是這樣不會不方便嗎？尤其對他本人來說。」

「應該很不方便吧。可是他非常怕生，好像根本不會和不認識的人說話喔。可是如果不工作，也沒辦法過活，所以他說完全消聲匿跡也很傷腦筋。」

那還真是個難搞的傢伙啊……話說回來……

「鈴夏，妳很清楚嘛。」

「咦？那當然啊，因為我以前住在這裡的時候，是他的常客啊。我會問他甜點店的新商品、西餐廳今日特餐的循環週期——尤其是極品蛋包飯什麼時候會推出。哼哼，我可以肯定，在這座城鎮中，最活用那個情報商的人就是我。」

「這……這樣啊……其實我對這個不感興趣…………呃，妳是常客？奇怪？妳剛才不是說他沒辦法正常接觸嗎？」

「對啊，沒錯……正常情況是這樣。」

鈴夏開心地放鬆臉部肌肉笑著，而我們就這樣不知不覺走進她的目標店家。外頭的看板上寫著「甜點店」，是個非常有品味的建築物。鈴夏向看似店主的婆婆點頭致意後，在店的中央將雙手交叉於胸前，接著視線繞了店內一圈。

她就這樣沉默了一秒……兩秒——

「……唔！」

——在我數到三秒之前，那雙銳利的赤瞳停在牆壁上貼的「冬季限定新商品」的傳單上。鈴夏放下雙手，大大方方走到傳單前，然後將傳單翻開。而那個地方——

「……呵呵，你看，找到了。」

有著「情報商」的手寫文字，以及一串應該是終端裝置ＩＤ的號碼。

#

什麼東西都沒買就走人，讓我有些愧疚，但我還是跟著鈴夏一起離開店裡。

「嗯……一直打不通耶。」

鈴夏一邊往城鎮中心走，一邊試著用那個ＩＤ聯繫情報商……順帶一提，據說就算是「打得通」的ＩＤ，也不會打一次就接通。要是被對方忽視，鈴夏的能力也沒有意義。

事情就是這樣，她土法煉鋼地持續聯繫（打電話）——直到第九次。

『——咿嘻嘻，久等啦！我是愛哭的孩子也會閉嘴的情報商喔！』

「……咦？」「這個聲音……」

聽到從終端裝置傳出的某個「少女」的聲音，我和鈴夏不禁面面相覷。

那是一道像在捉弄人、樂在其中，又有些慵懶的開朗音色……絕對沒錯。那是瑠璃學姊的「第二個姿態」，也是遊戲世界中的潛在人格——「姬百合七瀨」所發出的聲音。

「呃，等……等一下，先等一下。」

面對這個明顯的異常事態，鈴夏僵在原地半晌後，發出困惑的聲音。

「妳……妳是七瀨對吧？奇怪？難道我打錯ID了嗎？」

『沒有，妳沒打錯喲，鈴鈴。這組號碼是SSR首屈一指的情報商，也就是我的專線！怎樣？怎樣？鈴鈴，妳有嚇一跳嗎？』

「呃……嗯……咦？這個……與其說是嚇到……現在到底是怎樣啊？我認識的情報商不是妳，應該是……更土氣的人耶……？」

『咿嘻嘻，那當然啊。因為這裡不是妳知道的SSR，是「變動SSR」啊。所以有什麼改變都不足為奇，事情就是這樣，OK？』

「…………？呃……抱歉，垂水，交棒。」

鈴夏一臉苦澀地試圖消化姬百合的話，卻在半途放棄，就這麼轉過頭，把通話畫面挪到我面前。而我也還沒完全掌握現狀，總之只能一邊整理思緒，一邊緩緩開口：

「──嗨，姬百合。光聽聲音，妳應該認不出來，不過是我啦。夕凪。」

『啊，小凪這樣啊，你現在是秋櫻嘛……嗚──難得是穿著女僕裝的小凪，我卻只能聽聲音，太殘忍了啦。欸欸，我現在可以去你們那邊嗎？我可以盡情享受嗎？』

「呃……當、當然是不行啊！」

姬百合的喘息對我來說，刺激太強了──我想起她過往的所作所為，臉頰不禁莫名染紅，結果惹得近在身旁的冰冷赤瞳，突然對我的臉頰猛射視線……咳咳。

「回歸正題……所以這是怎麼一回事？為什麼妳會參加ＧＲＡ(遊戲)啊？」

『嗯……這點我也不太清楚耶。我直到剛才為止，都是「瑠璃」，然後待在現實世界，可是我確實有一直在這裡當「情報商」的記憶……就像兩邊重疊在一起的感覺？類似？唔唔……我也在混亂中。』

「……原來如此。」

簡單來說，就是瑠璃學姊原本在現實世界，在變動ＳＳＲ開始的同時，她被強制登入遊戲，「安插成」這個世界的情報商——大概就是這樣吧。

這件事本身並非無法理解。未冬之前也提過，她們會透過「竄改玩過地下遊戲之人的記憶」，準備除了我和電腦神姬以外的一般玩家，因此我能接受姬百合也是如此。

但……她們這麼做的「用意」是什麼？

根據鈴夏所說，ＳＳＲ原本就有個情報商ＮＰＣ。換言之，那兩個復仇者「特意替換了『中之人』」。而且姬百合隸屬斯費爾先進技術開發部門第三課——對未冬和冬亞來說，明明是很直接的「敵人」。

……異樣感。沒錯，我有一股非常強烈的異樣感。

就跟我在變動ＲＯＣ裡遇見司書時一樣……給我某種「不對勁的印象」。

『——咿嘻嘻。』

當我想到這裡，我聽見終端裝置傳出姬百合小小的笑聲。

『小凪小凪，你好像在煩惱什麼……不過那不是「很正常的事」嗎？』

「……咦？什麼正常……不對，妳是什麼……」

『我的意思是——呃……抱歉，還是別說了。要是說太多，搞不好會牴觸到禁止事項……而且……咿嘻嘻，如果是你，一定有辦法靠自己找到答案嘛。』

姬百合以有些壞心眼的口吻這麼說完，便開始哼起奇妙的旋律，表明談話到此結束……她說的話耐人尋味。她是想告訴我，「認為這個遊戲不對勁，是很正常的事嗎」？若真是如此，我還是不懂箇中含意。

不過——正如她所說，以她綜觀全場的立場，和她交談或商討，確實會涉及敏感地帶。禁止事項會被設在哪個地方都不奇怪，還是不要隨便刺探為妙。

「……好吧。那麼那方面的事暫時全跳過無所謂。所以姬百合，妳現在就以單純的情報商幫我吧。」

我甩了個頭，切換思緒與意識，開始認真攻略ＳＳＲ（遊戲）。

ＳＳＲ首屈一指的情報商姬百合七瀨——雖然這本來是這個ＮＰＣ的設定——她會先詢問

「想要什麼情報」，再指定費用，確認付費後，才會公開情報。大概是以這樣的系統流程經營。

「那……我想想，我想知道遊戲的現狀。尤其是『獨占所有職業的玩家』和『積分超過10000pt的玩家』，麻煩妳以這兩個人為重點進行說明。」

『嗯嗯，這樣啊……嗯——好像要價不菲耶，你可以嗎？』

「……要價不菲？真的嗎？」

『嗯。SSR這個遊戲的存在，好像連這個世界的NPC都知情，相對的，內容幾乎都被隱藏……咿嘻嘻，就像是都市傳說吧。所以要價當然不菲了。』

「原來是這種模式啊……那我順便問，要多少？」

『2500pt……啊，小凪你現在有點不爽對吧？你不要誤會，這不是我決定的，是我這邊的終端裝置顯示的啦。我應該是可以自己隨便降價啦……咿嘻嘻，怎麼樣？要嗎？』

「嗚……不了，這很有可能是禁止事項，還是別吧。」

我想她們可能是刻意藉著安插我們都認識的姬百合充當情報商，等著我們踩到禁止事項，然後自滅——大概吧。雖然這個做法很迂迴，對方可能就是這麼設想的。

……唉，算了。付就付。

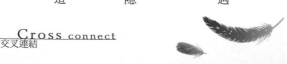

事實上，2500pt應該不是多便宜的價格。我們現在擁有的積分是，我有2500，鈴夏有3000。兩人合計超過5000，所以付了也沒什麼影響，但還是會造成將近一半的積分消失不見。我無法保證不會對以後產生影響。

可是如果現在對支付pt有所遲疑，結果演變成「抱著手上大量的資源結束遊戲」，那可笑不出來……所以些許的犧牲在所難免了。

「OK。那我出1000pt，鈴夏出1500pt。」

『啊，小凪你確定嗎？咿嘻嘻，了解。我馬上準備，你等我一下喔。』

聽到這道雀躍的聲音後，我和鈴夏的終端裝置立刻出現「交易(Trade)」的畫面。這是以前遊戲時也用過的畫面，所以不必特別回想細節，我直接動根手指，匯入1000pt。往旁邊一看，鈴夏也已經支付完畢。

『嗯，確認付款！感謝兩位！那我這就開始說明嘍！

好的好的——首先，我想這件事你們已經知道了，SSR是由七名玩家參與的遊戲。然後現在已經有一個人脫離了，剩下六個人……不過有問題的只有其中「三個人」。』

「……咦？三個人？不是兩個人嗎？」

『不是兩個人喔……咿嘻嘻，因為「如果只有兩個人，根本不會陷入膠著狀態」吧？』

「…………？」

我微微歪著頭，姬百合則是清了清喉嚨，再度緩緩開口：

『我照順序說明喔。首先是第一個人——暫稱玩家A。這個人很厲害，幾乎獨占所有職業喔。只有神官一職先脫離了，所以他好像死心了，不過除此之外的職業都是他。當然了，職業技能也是愛怎麼用就怎麼用。』

「……是啊。這傢伙我姑且有掌握到。」

『這樣啊。那你也知道這個人嗎？暫稱玩家B。B是個已經收集了10000pt以上，只要使用「終焉」技能，馬上就能獲勝的超驚爆玩家喔。嗯，這的確比A還要危險。』

「…………」

『然後最後一個人——我想你們不知道的大概就是這個人了——暫稱玩家C。持有pt大約5000，也沒有職業。沒什麼危險的感覺。不過不過……咿嘻嘻，其實「就是因為有他，現狀才會是三強鼎立喔」。』

「……什麼？」

聽到這裡，瞪著終端裝置的鈴夏突然表情抽動。

「呃……嗯？慢著慢著，是我的腦袋不靈光嗎？聽妳剛才說的這些，我完全搞不懂哪裡算是『三強鼎立』了……？」

『啊，不對啦，你們誤會了。剛才說的只是前情提要，前情提要！重點現在才要開始！我看看——先說第一個人A吧。我剛才也說過了，A獨占了職業，所以也有很多職業破關條件。可是卻一個都還沒達成……很怪吧？不過這是因為A「受到B的『詛咒』」了。』

「……詛咒？」

『嗯，詛咒。不過這是指「能力限制類的道具」啦。具體來說，「B禁止A『自殺』、『轉讓、販賣道具』」。因為這樣，A沒辦法放棄職業，比方說，他不能只把「魔王」讓給別人，以達成條件……咿嘻嘻，這樣一想，還真有點可憐。』

「噢……我懂了。簡單來說，就是B在妨礙A破關。」

『沒錯。因此以狀況來說，B比較有利——想是這麼想，但其實也不盡然喔。因為B的pt好不容易超過10000，卻還沒使用「終焉」……咿嘻嘻，其實啊，是因為B「被催眠，陷入沉睡了」。不對，不該說陷入沉睡吧……「不干涉」？就是不能以自己的意志行動，可是相對的，也不接受來自外界的干涉，這樣？

所以A和B都沒辦法破關。』

「…………」

從終端裝置傳出的聲音一字一句刻在腦海裡，我靜靜地轉動思緒。

原來如此……原來是這麼一回事。這確實是很複雜的狀況。

因為B持有的道具，A無法利用職業破關。相對的，B受到催眠，無法靠著自己的力量破關。更進一步地說，B處於「不干涉狀態」也是問題的一部分。畢竟他不接受來自外界的干涉，攻擊當然也對他沒用。換句話說，A甚至處於無法「藉由打倒B，硬是破關」的狀況。

——而且……

「既然形成三強鼎立的狀況……代表『讓B陷入沉睡的人就是C』吧？」

『真不愧是小凪，我好愛你！對，沒錯，就是這樣。C用了特殊的道具，把B封印起來。所以……「C的立場既是最弱的人，也是最強的人」。』

「……要是C解除封印之後馬上脫離遊戲，B也會瞬間清醒。」

『完全正確！所以A不能打倒C。不過反過來說，A擁有職業技能——尤其是勇者的這個技能：「死亡時將會釋放pt重生」，所以憑C實在無法打倒他……應該說如果打倒了，會很不妙吧？到時候會變成全部職業同時消失，「在那個瞬間，就會達成革命家和處刑人的勝利條件」了。這麼一來就是A獲勝。咿嘻嘻，總覺得好詐。

總之呢，簡單統整成一句話——就是A和C都沒辦法打倒對方，所以現在只好無可奈何地一邊牽制對方，一邊賺pt，達成使用「終焉」的目標！來，拍拍手！哇～啪啪啪！』

……姬百合用如此興奮的情緒結尾後，她的解說也強勢落幕。

鈴夏有些疲累地輕輕嘆了口氣。而我則是在她的身旁，一邊看著什麼都沒有的半空中，一邊整理思緒。

「…………」

玩家A和C之間如火如荼的pt競賽。還有被封印的玩家B。照這情況，看起來確實是對C

比較有利；話雖如此，Ｃ也尚未滿足任一項破關條件，他只能戰勝Ｂ，間接結束這場遊戲。

以這層意義來說，「最靠近勝利」的人，或許是Ｂ……但他的處境實在太依存Ｃ了。他應該是三人之中最沒自由的人。

而且……

不管怎麼說——現階段我們的問題不是那個。綜合到現在為止獲得的情報，一言以蔽之，「我和鈴夏就是被扔進他們的獵場裡了」。玩家Ａ和玩家Ｃ都想要ｐｔ，相反的，我們兩個人的ｐｔ雖然不能說優渥，依舊有一定的量。而現狀很明顯是他們處於優勢。

「……………咦？」

當我想到這裡，我察覺站在身旁的鈴夏繃緊了身體。她的表情變化甚至前所未有地激烈。她的手指一看就知道在發抖，不斷晃動著，最後虛弱無力地抓著我的衣服。

而這箇中理由…………我馬上就知道了。

「……呵呵。嗨，好久沒像這樣見面了，垂水夕凪……！」

「呃……！」

聽見彷彿從身後砸到我身上的「刺耳招呼聲」，我晚了半拍才回過頭。

站在那裡的人，是名「熟悉的男人」。他是個性扭曲到令人感到恐懼，而且笑得不寒而慄的纖細男人，也是個半吊子天才，因此徹底「崩潰」的瘋狂男人。「他曾經是製作出電腦神姫二號機鈴夏的斯費爾幹部」，也是前任ＳＳＲ的遊戲管理員。但他最後「不是敗給別人，而是我」，結果失去了一切。

——那個人就是朧月詠。

#

「『加速』！」

當我們察覺聲音的主人是「他」後，整個人就像被彈開一樣，雙雙發動「加速」技能。我接著跨出一步護住鈴夏——不，是握緊鈴夏的手整個身體轉向，背對著月詠，開始狂奔。

我知道這樣很窩囊……但就算要戰鬥，我們現在也沒武器。在ＳＳＲ（這個遊戲）中，可以利用終端裝置購買道具，所以現在還不是致命狀況，但就算這樣，在敵對玩家面前做那種事，根本是自殺行為。我們還是必須多少爭取一點時間。

「……鈴夏，喂，鈴夏！」

我們進入離大馬路稍微有段距離的小巷後，我看了看跑在身旁的鈴夏。

「妳沒事吧？妳的臉色從剛才開始就很差喔。要是妳覺得難受，我們找個地方躲——」

「不要！……我不要，我才不逃。」

「不……可是！」

「呵呵……垂水，你還是一樣愛擔心耶。我沒事啦。那種東西是我『已經跨越的障壁』了。剛才是因為事出突然，害我嚇了一跳……真的只是嚇到。我一點也不覺得害怕或恐怖！」

「…………好，我知道了。我知道了啦。」

我看著那雙筆直望著我的赤紅雙瞳，最後妥協點了點頭。我當然不是盲信鈴夏的逞強，但臉色發青的她都說成這樣了，我也沒有理由冷眼看待。

我多用了一點力道，握緊她的手，並繼續說：

「既然這樣，我有件事要拜託妳——鈴夏，我會負責警戒月詠，妳別停下腳步，買兩人份的『武器』。而且要以『終端裝置干涉能力』，用『我的終端裝置』進行操作。」

「……咦？意思是我的武器也要由你支付嗎？為……為什麼啊？明明是我的ｐｔ比較多啊……呃……啊！都到了這種時候了，你該不會還想要帥，對我下毒手吧——」

「並不是好嗎！」

我直接使勁全力否定已經慢慢恢復常態的鈴夏……我發誓我絕對不是出自那種奸邪的目的。我只是單純覺得，把ｐｔ放在具有干涉終端裝置能力的鈴夏那邊，如果遇到緊急狀況或許比較有利。無論是要使用技能還是購買物品，鈴夏都能比我還要快速完成。

總之，後來她也沒有繼續胡鬧，並開始選擇武器。

見裝置顯示出琳瑯滿目的品項，鈴夏似乎被震住，不斷盯著畫面，發出「嘸嘸……」聲，不過最後還是開朗地抬起頭來。

「——嗯！這樣就完美了。久等啦，垂水，我買完了。兩樣加起來700pt，都用你的pt付了。兩樣應該已經在你的終端裝置裡了。」

「好，我馬上拿出來……呃，這是來福槍嗎？妳用得了這玩意兒？」

「哼哼，這還用問嗎？如果不會用，我才不會選。」

鈴夏一派輕鬆地接過尺寸不小的來福槍，調整槍背帶後，直接扛在背上。哥德蘿莉服裝和粗獷的槍械，儘管她身上顯現出如此不平衡的風格，我倒也不會覺得不適合她。

順帶一提，我的武器是普通的長劍。剩下的pt大概是800左右。

「……好。」

這時候——我察覺忽然散發出了某種氣息，於是回過頭看，我可以看見追著我們的月詠明顯縮短了距離。他的速度真的太不尋常了。他可能也用了「加速」，但就算是，那也太快了。

「呵呵——」

追上我們的月詠大概是察覺了我的視線，嘴角勾起一抹噁心又扭曲的笑容。隨後，他間不容髮地大聲宣告要使用技能。

「——『發動「隱形的征服」』！」

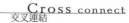

「什……！」

隱形的征服──那是以前的ＳＳＲ中，身為「追蹤者」的莉奈使用的「職業技能」的名稱。能在一定的時間內，不被別人看見，是一種簡單卻有力的技能。月詠的身體在發聲的同時融入空氣當中，才一眨眼工夫，就從我們的視野中消失了。

我和鈴夏見狀，當場停下腳步……既然雙方行動速度差這麼多，加上對方「隱形」，胡亂逃竄已經幾乎毫無意義。就算會伴隨些許危險，現在還是應該屏息等待。

而且──

「（他用了職業技能……？這代表月詠就是那個『玩家Ａ』嗎？）」

我專心警戒周遭，同時在心中這麼想道。

沒錯。姬百合說的「三強」的其中一人，也就是獨占神官以外的所有職業的玩家Ａ，看來就是朧月詠了。既然如此，就代表他不只擁有「隱形的征服」，還有魔王的「強制徵收」、勇者的「自動存檔＆讀檔」等凶惡的技能。

不……不對，應該不只如此。我和鈴夏都用了「加速」，我們雙方的距離卻逐漸被追上，換句話說──

「『我的能力值遠比你這種菜鳥還高』。就是這麼一回事，垂水。所以我根本沒有必要為了擊潰你這種小咖，就使用隱形技能。」

——「他就是變動ＳＳＲ中扮演『刺客角色』的人」。

月詠解除「隱形的征服」，再度現出身影，他不懷好意地笑著肯定我的猜測。接著右手以誇張的動作放到額頭上，嘴角大大歪斜。

「我實在是……很傷腦筋。像我這樣的天才，居然因為『僅只一次無關緊要的失敗』，就被拉下幹部的位子，太沒天理了。太離譜了。到頭來，斯費爾根本不懂我的價值……呵呵，他們頂多也只是這點程度的存在。」

「你……在說什麼？」

「哈，不過無妨。因為『她們』給了我機會。只要我在這裡宰了你，她們就會幫我把現在的斯費爾破壞得體無完膚。這個提案實在太有魅力，害我『忍不住「幫」她們「逃走」了』，不過我沒有悔意。

因為……啊啊，因為，你不覺得這是一件美妙的提案嗎！你把我的完美人生弄得一團糟，而我現在可以對你進行復仇！她們還會主動替我搞垮那群看不起我的斯費爾同夥！」

「唔……！」

月詠的吼叫讓我瞪大了眼睛……這樣啊。末冬和冬亞被幽禁在孤島伺服器裡，而她們之所以有辦法突破森嚴的監視，是因為朧月詠這個再怎麼爛，也是前任幹部的人參與了計畫。

可是——就算是這樣，聽他剛才的口吻，感覺不像是站在主導立場。依我看，「復仇」這個

正題是未冬她們一意孤行，月詠「只是被她們利用」，應該這麼想才合情合理。

不對，搞不好他本人沒有自覺——

「怎樣啊……你在想些什麼啊，垂水？」

就在這個時候，一道極度不耐的聲音擋住我的思緒。

「我問你，你知道現在是什麼狀況嗎？我和你的能力值差距大到會讓你絕望，而且我還有不死的技能。應該說……在論能力高低之前，你根本不能殺死我對吧？因為只要我死，等於所有職業一起下線，到時候『革命家』和『處刑人』的破關條件就會自動達成。」

「…………」

「不過我先聲明——就算真的變成那樣，我也會用勇者的技能繼續留在遊戲裡。理由呢……呵呵，你懂吧？『因為對我來說，在遊戲中贏過你，已經不能滿足我了』。我要從你的肉體、精神、人格、根本，把你這個人毀了破壞殆盡。不做到這個地步根本無法回敬你讓我受到的屈辱。所以了——你可要放聲叫出好聽的聲音喔，垂水夕凪！」

隨著這聲吆喝，月詠高高舉起終端裝置，將雙刃大劍實體化。光論刀刃的尺寸，就有一股和他本人不相上下狂氣滿溢的殺意。月詠就拿著它，高舉至頭頂後揮下。

「唔……！」

我在情急之下，擺動女僕裝的裙子，往右閃躲——但當風壓掃過皮膚的瞬間，筆直落下的刀刃竟在石板路上劈開一道數公尺長的裂痕……怎麼會有這種亂七八糟的威力啊？就算我用「力量」提升身體能力，正面接下這一擊也一定會粉身碎骨。

我的臉出現輕微的痙攣，相對的，月詠卻是一臉歡愉地大笑。

「呵呵……！怎麼啦怎麼啦？你就這點程度嗎，垂水！這算是前所未有的威脅？這就是足以讓斯費爾崩毀的異類？就你這樣？別開玩笑了，立於斯費爾頂端的真正天才，有我一個人就夠了！你給我滾一邊去，垃圾！」

「嘖……真是夠了，唧唧喳喳的吵死人了！你不說話就不會呼吸了嗎！」

月詠揮劍橫劈，並以猛烈的速度乘勝追擊。我一邊後退拉開和他的距離，一邊想盡辦法在腦海裡回溯ＳＳＲ的「戰鬥方式」。

……沒錯，我確實沒有職業。也沒有技能。跟他比能力值更是慘敗。

但是這個世界──「ＳＳＲ裡有ｐｔ」。

「唔……！」

我看準月詠攻擊的空檔，使盡力氣踢他的身體，然後利用反作用力，往一旁的地面滾去。月詠似乎覺得這是大好機會，隨著嘴角上揚，快速靠近我。

「看來你總算準備好赴死了，垂水！呵呵，不過你放心吧！我不會這麼簡單就殺死你！我會一點一點，慢慢搞死你──」

「誰要被你搞死……啊！『購入處理：對象「石板」』！『同時「收納」』！」

「──什！」

趁著月詠跨出一大步的瞬間，我單膝跪地，將手貼在地面上，買下「他『著地地點』附近幾公分的地板」，接著「收納（Close）」在終端裝置裡，讓那塊地從世界上完全消失。他因此大大失去平衡，絆了一腳，眼看就要往前倒下。

──不過……

「哈……你可別以為用這種小伎倆就能抓到我，你這個垃圾啊啊啊啊啊啊啊！」

下一秒，「月詠即將倒地的身體以不自然的方式彈起，他轉了個身，就對著我進攻」。他那姿勢的變化已經亂七八糟到讓人覺得莫名其妙了。就算購入「重力」和「風壓」，那異常的軌道還是難以解釋。

感覺……沒錯，感覺就像被改造成別種東西一樣…………等等，「改造」？

「怎麼？你已經知道了嗎？──呵呵，沒錯。我用了『合理改造』，『在你和我的武器上附加強烈的引力』。這麼一來，你就逃不出我的手掌心了……！」

「！」

月詠再度擋住我的去路，他嘴裡說的是ＳＳＲ中「處刑人」特有的職業技能名稱。「合理改造」──能給予任意道具追加效果，是一種很方便的技能。既然設定了「引力」，就代表我和他的行動會大幅度受到限制。對想要盡快逃離的我來說，無疑是嚴重的妨礙。相反的，對想折磨我的月詠來說，卻是極度歡迎的「枷鎖」。

如果可以，我恨不得立刻丟下武器……話雖如此，現在卻沒有餘力、也沒有多餘的ｐｔ讓我重買武器。

「——該死！我都已經沒時間陪你鬧了……！」

「搞什麼啊？垂水你真無情耶……我明明這麼想見你耶。呵呵，而且你說什麼？沒時間？你看起來很急耶。」

「如果你跟未冬她們（那些傢伙）勾結，那多多少少知道吧？我可不打算詳細說給你聽。」

「呵呵，真是冷淡耶……呵呵……呵呵呵……呵哈哈哈！唉，我不行了。可笑到我實在忍不住了！我說你，看一下你的終端裝置吧。看看你最在意的『時間』……『現在走到哪了』？」

「什麼……？」

月詠挑釁的語氣讓我緊皺眉頭，我保持著對他的戒心，視線稍稍往下……光是這樣一個小動作，我便馬上明白一件不得了的事態正在發生。

因為——「終端裝置上方的時鐘正以瘋狂的超高速度往前刻劃時間」。

「啥……！這、這是……怎樣啊！到底是怎麼了？」

「呵呵……哈哈哈哈哈哈哈哈！你終於發現啦？真是沒意思！

聽好了。其實啊，當我聽她們說你『沒有多少時間』，我就準備了一個小小的禮物要送你。沒錯——這就跟你上次打的歪主意一樣，『ＳＳＲ的時間可以用ｐｔ購買』。既然可以靜止，當然也可以『加速』。

說得再詳細一點……呵呵，就是這麼一回事。『只要我和你之間距離在半徑十公尺以內，這裡的時間就會加速成正常的五十倍』。」

「五十……倍……！」

「啊哈哈哈哈哈哈！對啦，我就是想看你這副表情！那你猜猜看，我們從剛才到現在總共打了幾分鐘？就算你有辦法從我身邊溜走，那到底會是什麼時候呢？呵呵，這是你以前那般瞧不起我的回禮。盡情收下吧——喝啊啊啊！」

說完這段話，月詠揮下伴隨著轟隆聲與驚人風壓的雙刃大劍。我敲醒已經僵直的思緒，好不容易專心在閃避上——但由於剛才被附加的引力，我無法自在地行動。鈴夏也從後方以射擊掩護我，不過擔任刺客角色的月詠防禦力（能力值）實在太高，射擊對他並沒有多大效用。

「……唔……！」

在這樣幾乎是單方面的攻防下，我們不知不覺已經不在小巷內，而是回到大馬路上。我身在不斷尖叫、不知應該逃向何處的ＮＰＣ居民之中，對方卻是固執地不斷對我揮下手中的劍。

「嘖……購入處理：對象『牆壁』！『收納』後立刻『開啟（Open）』！」

「啊哈哈哈哈哈！不堪一擊，太不堪一擊了！所以我早就說了，你抵抗也沒用！」

我在情急之下，利用手邊的石壁當盾牌，卻在一瞬之間無情地遭到粉碎，甚至沒拖到時間就消失了。看樣子不管我怎麼做，面對「持有全職業」加「刺客角色」的能力，根本無計可施。無論我想出什麼策略，他都能不放在眼裡，憑力氣搗毀。

最後——

「呵呵——這樣你就玩完了，垂水夕凪！」

「鏘」的一聲，一道低沉的聲音響徹周遭，我們已經完全進入短兵相接的狀態……不對，我錯了。一旦雙方變成這種狀態，基礎能力值較低的我就沒有勝算，所以我們不是「進入」，而是我「被迫」如此才對。

「垂、垂水……！」

鈴夏悲痛的聲音重重敲打著耳際。以她的個性來說，那道聲音中難得感覺不到她的從容，我聽了，這才深深感受到現狀有多麼嚴峻。

…………該死的混帳。

「契機」……「只要給我一點契機，我對該怎麼立刻逃出這裡，就有眉目了」——

「……嗯？」

這時候——我察覺眼前的月詠微微皺了眉頭。那雙淤積著狂氣的眼眸，突然從我身上挪開，看向別處。

我察覺有異，於是追著他的視線…………沒想到那個地方居然是一幅「遠遠超越我的想像的光景」。

「啊哈——！你們怎麼啦？如果只有這點程度，我一瞬間就能了結你們了……！」

「…………啊？」

隨著一道破碎的巨響傳出，一般住宅的門口就這麼崩毀，從瓦礫中現身的人，是「十六夜弧月」。一頭深褐色頭髮、有刺青、身穿紅色襯衫，而且打扮還是一樣很像小混混的戰鬥狂。他手上戴著SSR的終端裝置，不知道為什麼超激動地拿著手槍，追著往前逃竄的壯碩男子們（NPC）。

然後，激動的十六夜最後跑來我們身邊——

「啊啊？……你是怎樣？未經許可，不要擋著本大爺的路！」

「唔啊啊！」

——他毫不猶豫對著正好擋在前進方向的月詠掃射，「完全不看站在一旁的我」，在一瞬間就消失在遠方了。

「…………」

我看著他的背影，一愣一愣地將右手放在脖子上……「又來了」。繼司書和姬百合，這是第三次發生「對我有利」的情況了。而且這次的時機可說是決定性地好。那個十六夜——雖然自我意識過剩，又有點怪——居然沒有纏著我，直接消失，這是絕對不可能的事。這其中肯定「有什麼」。

不過……在現在這個時間以五十倍速流逝的情況下，也不能悠哉地思考這件事。幸虧十六夜殺出來搗亂，月詠的注意力已經完全不在我身上了。我期待已久的「契機」就這麼不知不覺準備好了。

「唔……垂水，這邊！」

與此同時，始終在附近屏息以待的鈴夏跑到我身邊，不由分說就抓住我的左手。我回握住她的手，並利用終端裝置發動「力量」，右手接著開始蓄力。

「——喂，月詠。你說你對這把劍附加了『引力』是吧？行啊，既然這樣，我就把『這整把劍』送給你……心懷感激收下吧！」

我使盡全力將手裡的長劍扔向遠方——下一秒，月詠被強烈的引力拉走，我們的視線也就離開了他，並迅速遠離現場。

#

從我們遇見朧月詠，一直到完全撤退為止，所用的「實際」時間是四十一分鐘。

這段期間，換算成變動ＳＳＲ以及ＧＲＡ流逝的遊戲時間，則是「大約三十四個小時」。

……這是我們好不容易逃脫結果比想像中還糟的ＰＶＰ之後的事。

『你想在一個能靜下來的地方說話吧？那我就帶你去一個珍藏的好地方！』

鈴夏自信滿滿地這麼說後，在前頭領著我走了十分鐘，來到某個熟悉的建築物前面。那個建築物有著貫穿雲朵的壓倒性威容。也是有著莊嚴氛圍的ＳＳＲ心臟地帶。沒錯，這裡就是——鐘塔。

「……呵呵，好久沒來這裡了。」

鈴夏對著困惑的我招手，以興奮的步伐踏入鐘塔內部，來到中央的樑柱，輕輕伸出她的右手。下一秒，柱子表面浮現某種「認證畫面」，隨後這附近迴響著一道「嗡———」的電子音效。

當聲音停止——剛才還沒有的「門」，就這麼出現在視野中央。

「呃……這……這是什麼啊？」

「呵呵，嚇到了嗎？其實這個鐘塔的中心是『系統區』喔。雖然包含在ＳＳＲ的世界內，卻算是外部……就是這種感覺的地方。所以在這裡，探查類的道具也找不到。」

「噢，這樣啊……那的確是很適合。」

我以冷靜的口吻這麼說，其實內心早已雀躍不已，就這麼走進門內……這……這個該怎麼說呢？就是那個嘛。塔的內部有隱藏式門扉，還有無人知曉的祕密基地，這種東西就是很浪漫嘛。嗯。

我走進門內，裡頭是一片面積不小的空間。不對，與其說是空間，其實根本是「房間」。有又大又舒適的沙發、附帶床幔的床，在房間一隅的窗台上擺滿了一整排可愛的玩偶，甚至還有衣櫥跟室內裝飾……總之是個非常有女生房間的感覺。

「哼哼哼——怎樣啊，垂水？很棒吧？」

鈴夏說著，雙手輕輕交叉在胸前，並自豪地挺起胸膛。

「我在之前的ＳＳＲ裡，跟你見面之前就是一直住在這裡。剛開始真的什麼都沒有，只是個純白色的空間……但我拚命賺ｐｔ，才有這麼多東西。因為朧月詠（那個人）至少不會對我的東西出手。」

「哦……所以這裡算是妳的房間了。」

「就是這樣……哼哼，你可要覺得光榮，垂水。如果把那個人也算進來，這個房間從來沒有異性進來過。你是真真正正的第一個人。」

「…………」

……不是啊，就像妳看到的，我的外表是個女孩子耶……

算了，先不閒聊了，我做好心理準備，決定踏入鈴夏的房內。進入房內的瞬間，輕撫著肌膚的「空氣」很明顯變了調，有一股內心酥癢、讓人靜不下來的感覺。說到異性的房間，我已經因為雪菜習慣了，但不知道是不是系統不同，還是剛才聽了那些話，我的免疫力好像沒有啟動。

事情就是這樣，我帶著若干羞怯，坐上沙發。

「啊——累死了……我要稍微躺一下喔。」

相較之下，從剛才開始看起來就有些睏的鈴夏沒有坐下，而是選擇躺下。她穿著哥德蘿莉風的服飾，搖搖晃晃走到房間角落，來到宛如會出現在童話中附有床幔的床舖旁，就要一躍——

「……咦？」

——卻在跳上床之前，停止了所有動作。

她發出細細一聲困惑。同時不知所措地對我投以一道求助的視線，弄得我也一陣不解，從沙發上起身，來到鈴夏身旁。我順著她的意思往床上看……下一秒，便知道她想說的事了。

……是啊，這樣的確沒辦法撲床。

因為——「床上已經有人先躺上去了」。

「呼……嘶……嘶…………」

那是一名安穩熟睡的少女。白銀的長髮像一片大海散在床上，少女的身體彷彿被包覆其中，胸口以一定的速率上下起伏，是個面容稚嫩的電腦神姬。

「……冬……冬亞……？」

睡在床上的人，正是冬亞。

等我解除暫時的混亂，我帶著鈴夏往沙發移動。

順帶一提，這間房間是以鈴夏「一個人」生活為前提打造的，當然是沒有桌子兩側放著椅子的這種擺設。只有一張偏大的單人沙發正對著漂亮的木製茶几放著。

話雖如此，如果是現在的我（秋櫻）和鈴夏，還算是勉強可以並排坐著的大小，所以就算稍嫌擁擠，我們還是兩人一起坐下。

「——所以……」

一道宛如氣音的聲音，就在耳旁嘟囔著。

「冬亞（那傢伙）在這裡，不知道到底有什麼企圖呢……？」

鈴夏一邊說著，一邊悄悄將雙手交叉在胸前，同時小聲發出不滿的低喃。每當她不安分地動一下，我的左側就會傳出一股酥癢的奇妙感受，但我用理性設法壓抑著，右手攀上自己的脖子。

——對於冬亞在這個房間裡，目前知道的事情不多。

話雖如此，也不算全然無知。首先第一點，我們這次的邂逅，毫無疑問是「設計好的局」。

既然這個地方是鈴夏所說的「系統區」，那冬亞就不可能是碰巧在這裡。

第二點，看來她是ＳＳＲ的「玩家」。畢竟冬亞的左手腕上戴著只有地下遊戲參加者才會有的終端裝置。她既不是隨處可見的ＮＰＣ，也不是站在保持距離的立場的管理者，而是以一個玩家的身分參與ＳＳＲ。

然後——是最後一點。

「……就是那個『無法調查(immortal)』的標示吧。」

我隨著嘆息拋出這句話。

所謂的「無法調查」標示，是指我剛才從終端裝置買了便宜的調查類道具，用在冬亞身上後，顯示在畫面上的「警告(Alert)」。問題不在於能否取得情報，而是打從一開始就無法鎖定冬亞調查，是一種非常徹底的防衛機能。換句話說，是「不干涉」。

這件事代表著什麼——答案只有一個。

「唉……應該是那樣吧。簡單來說，『冬亞就是玩家Ｂ』對吧？」

「……是啊，這點應該沒錯。不然無法解釋那個標記會出現。」

「嗯嗯。也就是說……冬亞是執行這場復仇計畫那邊的人，也是在變動ＳＳＲ裡擁有超過１０００００ｐｔ的強悍玩家，然後還順便在我的房間裡睡覺……嗯，說到中間我都還算懂，可是最後一點，難度一口氣就提高了耶。」

「嗯……的確是。如果是像月詠那樣，要來妨礙我們的行動，那就另當別論，可是她只是一直睡啊。」

我偷偷看了一眼床鋪，只見冬亞還是一樣，發出平穩的氣息沉睡。她的睡臉天真無邪到會讓人不禁忘卻復仇啦、遊戲啦這類事情。雖然她的身型看起來非常稚嫩，依舊跟其他電腦神姬一樣，可愛到令人難以置信——

「垂——水——？」

「唔哦！」

——這時鈴夏突然探出身體，整個人擋住我的視野。

她就像要斥責我，近距離睜著血紅的雙眸，直盯著我，隨後鼓起腮幫子，那份讓人沒由來就想摸摸她的頭的可愛程度，還真有點可怕。

「我……我沒想什麼喔。」

「哼，最好是。來到女孩子的房間裡，卻直盯著其他女孩子，真是離譜。你只要一直看著我就——呃，不對！」

「……呃……什麼不對？」

「全都不對！慢著慢著，剛才的不算，全部不算數！這個，我想想……對啦！你只要像舔遍她全身一樣，看著她就好了！」

「不是，妳也太極端了吧！」

看著出賣妹妹的妹妹……等等，我才沒有一直盯著看。

不管怎麼說，現在沒時間做這種沒營養的爭論了。畢竟冬亞的情況也是，我們根本還沒好好斟酌過從姬百合那邊聽來的情報。如果不先解決那個複雜的狀況，ＳＳＲ就不會結束。就算是為了挽回被月詠耗損的時間，我也必須儘早掌握破關的關鍵。

——我清了清喉嚨，將少根筋的話題導正回正軌。

「那我們先照順序來思考吧，鈴夏。首先……我想想，來整理現狀吧。

這次的ＳＳＲ形成『三強鼎立』勢力圖。形成這種狀況的玩家當然也是三人，詳細情形是這樣——除了神官職，獨占了所有職業的玩家Ａ；持有超過１０００ｐｔ的玩家Ｂ；還有雖然還沒滿足破關條件，卻是要角的玩家Ｃ。」

「沒錯。所以至少Ａ和Ｂ看起來可以迅速破關……可是很遺憾，Ａ因為Ｂ的關係，沒辦法『自殺』和『釋出道具』。然後Ｂ被Ｃ『催眠』——說得精準一點，是被變成『無法動彈，但也不接受外界干涉』的狀態……反正就是所謂的定身狀態。Ａ和Ｃ無法打倒彼此，只好在互相牽制的同時，比誰最快賺到ｐｔ。」

「是啊，就是這樣。所以這不管怎麼看，變動ＳＳＲ是這三個人獨占鰲頭，要是用普通的做法，我們只能等著被獵殺……不過這種事『在一開始就知道了』。畢竟這是ＧＲＡ的基本規則，事到如今已經不會驚訝了。」

在ＧＲＡ中，「所有的變動遊戲都是從按照正常做法無法破關的狀態下開始」——因此玩家必須妥善運用每個遊戲只能用一次的秋櫻的「地下世界干涉能力」來應對。

我看著鈴夏鮮紅的雙眸，繼續往下說：

「簡單來說，只要有一條透過『一次改變』，便能走到最後的路線就好了。問題在於要改變『什麼』……反正也沒時間了，想到什麼就一一列舉出來吧。」

「好啊，看我一說就中！我想想喔……假設喔，只要Ｃ脫離遊戲，Ｂ就會醒來對吧？那你『用秋櫻的能力，把我跟冬亞的立場對調，你就在這個狀態下，打倒Ｃ怎麼樣』？」

「可行。」

「嗯——是喔，不行啊。我還以為這個方法很不錯耶，但怎麼可能一說就答對…………呃，咦？慢……慢著，垂水，你剛才說什麼？」

「我說可行啦……但也只是『理論上』可行。」

「？」

面對歪著頭的鈴夏，我輕輕抬起右手，慎重地開口：

「如果一切都照妳所說的發展，的確有辦法破關……可是Ｃ的ｐｔ比我們多很多。而且如果實際進入ＰＶＰ，『Ａ——也就是月詠毫無疑問會去幫Ｃ』喔？畢竟Ｃ落敗就等於Ｂ獲勝。那傢伙肯定也不希望這樣……這麼一來，要正面取勝就難了。」

「唔……唔，什麼嘛，到頭來就是不行嘛。那下一個……我想想，如果要安全起見，就是『垂水取代玩家C』了吧。我是覺得勝算好像有點小，可是C也沒什麼輸的機會嘛。」

「嗯……如果再給我多一點時間，這個方法其實不壞……但我是覺得乾脆不要取代別人，靠我們自己賺pt取勝怎麼樣？『用地下世界干涉能力取得「終焉」，再來只要想辦法賺到10000pt，使用技能就好了』。」

「之後再想辦法……啊！你……你該不會想跟我說，只要變賣這房間裡的『所有東西』，就綽綽有餘了吧！」

「…………不不不，我怎麼會這麼想嘛。」

我是不打算說出來，但確實想過。

見我錯開視線，鈴夏不斷瞇著眼睛看我，腮幫子也鼓了起來。

「你這個人實在是……馬上就打歪主意……而且這個辦法不可行啦，不可行。我說過這裡有一半是『外面』吧？所以這個房間裡的東西，會全部變成『從遊戲外拿進來的道具』。在之前的SSR也是這樣，這種道具基本上都是0pt。」

「噢，這樣啊。那靠自己賺10000pt就很難了……反過來說，『玩家持有的「終焉」技能有沒有在市面上流通啊』？就算價格有點貴，只要靠秋櫻的能力增加pt，不管是要買還是要用，都綽綽有餘吧？」

「這也不可行。那個技能全部只有七個玩家持有。如果是其他玩家，應該姑且可以買……但我覺得不會有人賣喔。因為這樣很不自然啊。『可以請你用5000pt把「終焉」賣給我嗎？』有人答應的瞬間，我就只看得到世界步入末日。」

「唔……的確是這樣……仔細想想，增加太多pt也很危險吧。畢竟這是個可能實現『獲得5000兆pt後，買下整個世界！』的遊戲，要把某種程度以上的事情，當作包含在禁止事項當中比較安全。不過這麼一來……嗯──」

「唔……唔唔……啊啊，討厭！這個狀況實在太棘手了啦。都怪那三個人僵持不下，不管我們怎麼行動，感覺都會適得其反。」

「…………」

鈴夏胡亂攪著那一頭粉色的長髮，我則是在一旁微微低著頭，仔細思量……鈴夏說得很對。我們是能提出幾個行動方針，「但無論選擇哪個，不確定要素都太多了」。除了禁止事項，還有錯綜複雜的三強鼎立。那是個想盡可能回避不走的「地雷區」。

但是很可惜，事實上我們「根本沒有時間繞遠路」。因為跟朧月詠PVP，造成龐大損失的影響，變動SSR「開始到現在已經過了將近四十個小時」。過了四十個小時。再加上ROC的結果，合計就是「六十五個小時」。換句話說，「瀕臨GRA的整體時限，還剩下不到十個小時」。事到如今，已經不能選擇慎重又緩慢的辦法了。

所以——所以我覺得，現在還是只能在本來就最接近勝利的三個人中，挑「某個人」互換立場了。這麼一來，就能根據條件，快速攻略變動ＳＳＲ。這點是毫無疑問的。但……問題在於，「要選誰」？

我到底要取代誰才好……？

#

由於思考完全碰壁，我們決定休息十五分鐘。

『～～～♪』

仔細側耳傾聽，就會聽見一道愉悅的哼歌聲和唰唰水聲從隔壁房間傳出。剛才鈴夏只留下一句「我去冷靜一下腦袋」，就這麼離開房間，大概是立刻跑去沖澡了吧。其實準確地說，是使用「灑水器（Sprinkler）」道具重現的「疑似蓮蓬頭」的物品，但其實也沒差很多。

所以那沒什麼問題……有問題的是，一個人被留在這裡的我。

既然是休息時間，就要停止思考——當我有這麼幹勁十足的想法時倒還好，但就算要放鬆，我卻是一點睡意也沒有。話雖如此，要是不做點什麼，腦海裡馬上就會閃過「時限」這個惡魔單字。

「……受不了，難道我就沒辦法好好休息嗎……」

我隨著嘆息吐出自嘲的怨言，隨後決定離開沙發，轉換一下心情。我一邊擺弄著淡紫色的中長髮，一邊往還是一樣安穩睡著的冬亞走去。沒想到——

「嘶……嘶……嗯……嗯……唔呀……嗚嗚……嘶……嘶……」

「——嗯？」

見冬亞的呼吸突然紊亂，我忍不住看著她，她一臉無邪地沉睡著，但她的額頭、鎖骨一帶都有些微的汗水滲出。說不定她覺得有點熱。房間內的氣溫其實算舒適，不過既然她一直被包在被子裡，感覺當然不同。

所以——我將雙手輕輕交叉在胸前思索。

「我看還是機靈一點，替她換上新的衣服比較……不對，不行吧！」

一道可人的聲音否定腦海裡浮現的想法。

對……對啦……如果我是個純正的女孩子，這點小事要做也無妨。但是非常遺憾，我，垂水夕凪——現在只不過碰巧是個美少女女僕——內在是個普通的男高中生。在討論倫理之前，我想理性大概保不住。

「事情就是這樣，妳現在用這個將就一下吧。」

更衣的部分等一下交給鈴夏，我決定先幫她擦乾額頭上的汗珠。我撥起冬亞的瀏海，露出那白皙的肌膚，眼前的美少女因此動了一下，我在心驚膽顫之中，拿著手帕慎重地——

「嗯……嗯嗯嗚……嗯啊……」

「唔！」

——儘管對方在我碰觸到的瞬間，吐出豔麗的氣息，讓我差點停止呼吸，我還是設法心無旁騖地繼續作業。擦完所有看得見的汗水後，我也替她整理好睡亂的衣襬。

其實這點小事還在常識的範圍內……但加上冬亞毫無防備地沉睡的事實，無論如何便讓人有一種「在圖謀不軌」的感覺。

「……早知道會這樣，一開始全都交給鈴夏就好了。」

「什麼？奇怪，垂水你剛剛在叫我？」

「我叫了……呃……搞什麼，是妳啊。妳已經回來了嗎——呃！」

當我聽見背後傳出聲音，不假思索回過頭的瞬間，本來已經要說出口的話就這麼消失。

——不是啊……因為這個不管怎麼想，都很奇怪吧！

還沒徹底弄乾的濕潤長髮。露到極限的手臂和大腿。清楚貼合身體而勾勒出的圓滑、煽情線條。再加上剛洗完澡特有的撲鼻甘甜香氣——沒錯，換句話說，簡單地說……

「現在我眼前的畫面是，鈴夏只圍著一條浴巾的衝擊性模樣」。

「嗯？……怎……怎樣啦？你怎麼啦，垂水？」

鈴夏愣在原地看見我，首先眨了眨眼。接著像是在想什麼，「嗯」了一聲後，雙手交叉在胸前思考。她這時候才發現，手邊傳來的「觸感跟平常不同」，因而不禁抖動雙肩。接著她在微微的顫抖中，戰戰兢兢地緩緩將視線往下……幾秒後，終於了解事情的全貌。

她的臉迅速紅到耳根子去。

「——！咿……呃……啊……不……不、不是！不是啦，垂水！我平常沖澡之後，喜歡好一陣子先不穿衣服，一邊吹頭髮，一邊喝牛奶。然後我剛才有點鬆懈了，才會順著平常的習慣去做——呃，不對啦！你要看到什麼時候啦！」

「什……什麼！因……因為妳突然開始解釋啊……！」

「煩……煩死了！煩死了煩死了煩死了！」

大概是羞恥程度達到某個臨界點了，鈴夏不是找個地方躲起來，而是頂著那張紅潤的臉，逐漸往我這邊靠近。接著她抓住我的手，將那對粉色的唇瓣湊到再差一點就會碰到的極近距離。

「請——請你忘了！聽到了吧，垂水？把你剛才看到的全忘了……！」

然後說出這句話。

唉……先不論我是不是真的能忘掉，但如果要把剛才的意外事故當成沒發生過，那我倒是非常贊成。我為了把注意力從鈴夏身上挪開，刻意往冬亞那邊看去，然後以誇張的幅度點頭……咦？

「——妳先等一下，鈴夏。」

「咦？……呃……呀啊！尼、尼要幹啥麼，垂水！」

見我突然抓住她的手腕，鈴夏在驚愕之中發出宛如尖叫的抗議聲。但我現在沒有餘力顧及她。我徹底忘記自己直到剛才為止的害羞動搖，「拉著鈴夏的手來到冬亞身邊」。

接著，當她的指尖觸碰冬亞的「終端裝置」，那一瞬間——「問題光景」再度產生。

「……咦……？垂水，這是……這個難道是……」

「對，沒錯……『啟動了』。」

——沒錯。鈴夏因為混亂而不斷亂動，碰巧碰到冬亞的終端裝置時，前方出現了一個很小的「投影畫面」，我並沒有漏看。

不……不對，以觸控方式啟動終端裝置是基本概念，如果是其他人，我根本不會留意。但如果是「無法調查」的冬亞，那就另當別論了。

「這是怎麼一回事……？難道終端裝置干涉能力不受『無法調查』影響嗎？」

「你……你先等一下……嗯——好像沒這麼順利。我的確是可以干涉，可是購入處理或技能什麼的，這些重要的功能都被鎖住，我動不了。」

「……這樣啊。那麼——」

「哼哼，不過現在灰心還太早了喔，垂水——這可是『好消息』喔。」

我以為又要回到起點，還灰心喪志，鈴夏卻對著我，揚起嘴角笑道：

「因為你看嘛，就算不能動到細節，如果『有辦法干涉，就有可能「關閉電源」』啊。我可以暫時『關掉』冬亞的終端裝置，讓道具效果消失。」

「……呃！鈴夏，這是真的嗎！」

「是啊，千真萬確。哼哼，你以為我是誰啊？」

鈴夏自信滿滿地點頭，我則是睜大雙眼，右手緩緩攀上脖子。

——鈴夏的「終端裝置干涉能力」可以實質將冬亞的終端裝置無效化。

能獲得這條情報，是非常大的進步。畢竟就是冬亞的終端裝置封住玩家A朧月詠的「自殺」。如果能用鈴夏所說的「關閉電源」封住冬亞的終端裝置，當然就能讓該道具暫時喪失效力。換句話說，「束縛住月詠的限制就會消失」。

接下來事情就簡單了。「只要用秋櫻的能力，將我和月詠的『立場』連著設定一起替換，再像原本的SSR那樣，貫穿自己的胸口，使HP歸零即可」。

「應該沒有問題……這麼一來，就能在一瞬之間攻略變動SSR。」

「是啊。對啊，就是說啊！我剛才也想了一下，沒有什麼需要依靠運氣(賭博)的要素。整個策略直到最後都完全成立。我本來還以為很複雜，沒想到還有這種漏洞啊！」

鈴夏的語氣夾雜著歡喜與興奮，用力肯定我的話……唉，這次應該沒錯了。如果我跟其他玩家替換設定是禁止事項，那麼這個遊戲打從一開始就不可能在時間內破關，而且若不能干涉冬亞的終端裝置，那我們早就輸了。既然我們現在還在遊戲內，應該可以認為這條路是「對的」。

換句話說，變動SSR的（沙沙）最快破關方式，就是搶奪玩家A的立場（沙沙）——

「呃…………咦？」

——當下，我聽見參雜在思緒當中的細微「雜音」，不禁抬起頭。

在GRA開始之前，和未冬、冬亞對峙時，我也感覺到相同的聲響。只不過這次的雜音真的只在一瞬之間，當我察覺時，已經連餘音也消失了。

什麼……那到底是什麼？

「嗯？垂水，你怎麼擺出一張苦瓜臉啊？多虧有我，好不容易找到攻略方法耶，你應該再高興一點啊……呵呵，這是我的功勞！」

「是……是啊……妳說得對。那麼我在開心之餘，可以說一件事嗎？」

「對我？幹嘛？是壓抑不了的謝意嗎？」

「有點不對……不，根據場合，可能也不能算不對，但我不是要講這個。

鈴夏……『妳是不是忘了自己從剛才開始是什麼模樣』？要是鬧得太凶，很『危』——」

「唔！不、不、不……不准看！」

鈴夏似乎是想起來了，她的臉頰唰地一下泛紅，一邊將手放在胸前，一邊迅速跟我拉開距

離。她有好一陣子只是不斷嗚咽，並擒著眼中的淚水瞪我。最後大概是按捺不住了，她一個轉身，逃到房間外了。

…………同時——

其實我也不是被她分散了注意力——但我當時……

完全沒有發現理應失去意識的冬亞，浮現一抹「悲傷的笑容」。

\#

等鈴夏換好衣服後，我們便迅速開始執行計畫。

說是這麼說，要做的事情也只有兩件。

第一，是使用秋櫻的地下世界干涉能力，交換我和月詠的「設定」。如此一來，我就會獲得神官以外的所有職業，同時受到來自冬亞的「詛咒」——也就是禁止自殺以及放棄、販賣道具等非常嚴厲的制約。

因此我們還要做一件事，就是消除這種束縛。具體來說，是使用鈴夏的特殊能力，關閉冬亞的終端裝置，讓那個施加制約的道具暫時失效。

只要滿足這兩個條件，就能用最快的速度攻略變動ＳＳＲ。

而——其中一項，已經在剛才當著我的面達成了。

「唔……混帳……王八蛋……！」

在鐘塔的一樓，靠近入口的開闊空間。

被絕望扭曲了自己端正的容顏，並以仇恨滿盈的視線看著我的人，不是別人，正是朧月詠。

但他的手上沒握著剛才那把大劍。無論是隱形的加護，還是幾乎等同外掛的復活能力，都已經不復存在。

地下世界干涉能力——利用秋櫻這股絕對的力量，月詠跟我替換了「被賦予的設定」，已經完全失去面對我的優勢，只是呆站在原地。

「該死……該死、該死！我還以為有這麼有利的條件，絕對可以把你整得不成人形，這樣豈不是我大大誤判了嗎！搞什麼鬼搞什麼鬼搞什麼鬼啊！為什麼會這麼不順利啊！世界這種東西，只要以我為中心運轉就好了啊……！」

「啊——呃……月詠？」

「閉嘴別隨便叫我垂水夕凪！……呵呵，算了，我放棄。既然這樣，我就等她們復仇完畢。我要篡奪崩毀的斯費爾，到時候一定要徹底把你擊潰！」

「……咦？到時候？那你現在不戰鬥了嗎？」

「你是白痴嗎！我只會參與能贏的勝負——『加速』！」

月詠拋下這句話後，毫不猶豫地跑出塔外。

面對那些極為挑釁的話語，我是不會說我完全不火大啦……但既然立場已經互換，我也沒有任何理由要執著在他身上。不如說，要是追上去，也只會無端浪費五十倍速的時間。我也希望極力避免跟他接觸。事情就是這樣，我輕輕搖了搖頭，手掌觸碰那根柱子，回到系統區裡面。

結果看見鈴夏跪在床鋪旁邊，一臉複雜的模樣。

「嗯？妳怎麼啦，鈴夏？」

「咦……？啊，垂水。你沒事嗎？朧月詠的罵聲都傳到這裡了。」

「啊……還好啦，妳不用放在心上。反正沒發生什麼必須詳細說明的事件……倒是妳，發生了什麼事吧？」

「嗯……我這邊也沒什麼大問題，就是有一件事覺得『有蹊蹺』。」

鈴夏用手指輕輕纏繞正熟睡的冬亞的銀髮，以含糊的口吻繼續說：

「你看嘛，冬亞不是也在變動ＲＯＣ裡嗎？」

「嗯？對啊，她是在。」

儘管不解，我還是給予肯定。鈴夏不在變動ＲＯＣ遊戲的現場，但我們往鐘塔移動時，我已經從頭到尾大略跟她共享了上一個遊戲的情形。

「然後──我想到啊，你說你『沒有實證』，但我覺得冬亞之所以會在ROC，可能是為了『誤導你』。你看嘛，你不是處在『很難殺死』公主的狀況嗎？她們藉由刻意這麼做，好誘導你思考『該怎麼殺』……大概是這種感覺。如果對象是冬亞，就更能攪亂你，我覺得這個理由非常站得住腳。不過我是沒有證據啦。」

「…………」

「可是『這次呢』？她特地成為玩家B，而且還來到我的房間……我完全想不通到底有什麼用意。只要繼續走下去，我們就能照常破關，可是真的不會再有事發生了吧？」

鈴夏覺得事情有些奇妙，便隨意開口提出疑問。因為有一點介意，想在破關之前問一問──大概就像這種隨口一提的疑問，是微不足道的問題。

……而且實際上或許也不需要想太多。冬亞之所以會在這裡，說不定只是想打發我挑戰遊戲的這段時間，也可能是想就近觀看我們奔走的模樣。追根究柢，人的行動又不一定每一樣都具有意義。

只不過──即使如此，我還是覺得有那麼一點「不自然」，這點我可以肯定。

「冬亞……公主……封印……『誤導』……」

我緩緩將右手攀上脖子，再度策動已經停止的思緒。

……誤導？如果冬亞在「這裡」本身就是一種誤導，代表我選擇的方法（路線）是錯的嗎？可是獨占

職業後自殺的手段，跟我攻略之前的ＳＳＲ的手法一樣。這沒有弊端。「藉由終結自己的性命，同時完全破關」——

「啊……啊……啊……！」

這時我發現的「事實」，讓我的喉嚨瞬間乾癟。

「不行……這個方法不行」。在上次的ＳＳＲ或許可以用這種方法破關。但那是因為「ＳＳＲ是一個獨立的遊戲」。只要確實達成破關條件，自殺這種方法並沒有任何負面要素。可是——

「這次——卻不是這樣。」

「……不是這樣？這是什麼意思，垂水？」

「因為……不就是這樣嗎？『變動ＳＳＲ只是ＧＲＡ這個串聯遊戲裡的其中「一部分」而已啊』……沒錯，現在自殺或許可以攻略ＳＳＲ。可是這麼一來就『出局』了。因為ＧＲＡ還沒結束。一旦玩家（我）死了，就等於遊戲結束……！」

「呃……！怎、怎麼會……不對！可是只要你還留著就行了吧？」

鈴夏茫然地瞪大雙眼，卻又馬上大聲疾呼，就像要趕走錯愕的情緒。

「只要封印冬亞的終端裝置，你不只可以自殺，也可以釋出道具。所以你把『魔王』讓給我，然後再打倒我就好了嘛！說我不會怕的話，那是騙人的……可是我好歹也有這點覺悟了。」

「……不行……『沒辦法』。」

「喂！垂水，難道你到了這種緊要關頭，還要說那種話嗎！哎喲，真是的……我剛才聽你說的時候，雖然沒有吐槽你，你在『變動ＲＯＣ裡，之所以想要用「殺死公主」以外的方法破關，其實打從一開始就是為了春風吧』！你要這樣是無所謂！我是覺得你這樣真的很帥！可是在這種時候，你多少依靠一下別人沒關係吧！」

「唔…………不是，不是這樣的。『問題不在這裡』，鈴夏。」

「呃……不……不然是怎樣？」

見我想方設法擠出聲音回答，鈴夏的語氣已不再那麼尖銳。

……的確，我的理由也包含了她剛才指出的部分。雖說是在遊戲中，但必須傷害電腦神姬的做法，我說什麼都不想用。

但唯有這次，卻不只如此。

在考慮我的意願或禁止事項等內情之前——

「無論是我，還是妳……『一旦少了任何一個人，下一場遊戲就沒戲唱了』。」

「……一旦少了任何一個人，就沒戲唱？」

「對……妳還記得吧？ＳＳＲ破關之後，接下來就是ＥＵＣ。『是必須把「所有」電腦神姬納入麾下』的地下遊戲……所以要是妳在這裡退出，『那ＥＵＣ將會變成打從一開始就不可能破關的狀態』。」

「啊……！」

——對，沒錯。就是這麼一回事。

來到這裡，GRA的「特殊性」才對我們露出獠牙。「因為這是一連串的遊戲，在途中犯下的失敗，會接著影響下一個遊戲」。我在ROC時並沒有特別想到這件事，不過如果春風當時退出了，很有可能會在當下就確定GRA全部敗北。

「怎、怎……怎麼辦啊，垂水！」

鈴夏的焦慮終於來到頂點，她對我投以求助的眼神。相較之下，我卻是稍微用了點力道抓著脖子，但心臟不斷怦怦跳著，實在很惱人，讓我的思考完全在原地踏步……但這也很正常。因為秋櫻的地下世界干涉能力已經用掉了。唯一的王牌就這麼毫無用武之地就結束了。

「既然如此——直接結束也已經沒差了吧？」

「「！」」

當下，一道細微的嘲諷聲輕輕地、冰冷地拍打著耳膜。

與之同時擠入視野中的人，是個渾身帶刺，並把右手扠在腰際的少女。黯淡的眼神顯示著她憎恨一切。身上穿著威嚴的軍裝。頭上綁著與粗暴的態度完全相反的深藍色高馬尾…………沒錯。

「你那無聊的英雄家家酒就到此為止了。對我來說，與其死纏爛打，不如在這裡投降，還顯得比較瀟灑……你覺得呢，垂水夕凪？」

我因為無法接受現實，呆立在原地。而這時出現在我面前的人，是另一名復仇者（未冬）。

#

「……呼，這種時候，本小姐應該說什麼才好啊？」

未冬靜靜地站在我們面前，將左手抵在嘴邊說道：

「本小姐應該說聲你們很努力了，然後拍拍手嗎？但那種事實在是不合乎本小姐的作風……算了，還是先跟你們打聲招呼吧。」

「…………妳來幹嘛？」

未冬似乎已經確定會獲得勝利，道出從容的話語。相對的，我卻是抓緊了女僕裝的裙子，硬是擠出一道疑問。

未冬聽了，有些不悅地皺緊眉頭。

「啊？你還問……少裝傻了。當然是來結束這個遊戲的啊。本小姐反倒想請教你，不然還能來幹嘛？」

「來……結束遊戲？」

「沒錯，來結束遊戲……幹嘛啊，不必用那種『卑鄙小人』的眼神看著本小姐吧。本小姐可沒有用遊戲管理員這種強硬又露骨的方法，而是以更正當的方式結束SSR了。畢竟『把冬亞變成「不可調查」狀態的玩家——也就是你們說的玩家C，就是本小姐』。」

未冬裝腔作勢似的將左手放在胸前。她身上的軍裝穿得密不透風，所以我看得不是很確實，但還是能窺見她的手腕上戴著SSR的終端裝置。

「……哈。」

未冬大概是看見我確認到她手上的終端裝置了，她緩緩放下手臂，接著發出「喀」的一聲腳步聲，往我這邊走了一步。

「從結論來說——你們『走錯路了』。其實有幾個方法可以攻略這個遊戲，不過如果考量到時間限制，最好的辦法是跟玩家C（我）互換立場。這麼一來，敗北條件就幾乎會被堵死，要算pt的話，你們兩個人加起來也有7000……怎樣？剩下的3000pt，你不覺得這個數字的話，只要跟剩下兩個玩家戰鬥（PVP），再怎麼樣都賺得到嗎？」

「可……可是……這個遊戲的PVP不是要用pt發動技能嗎？就算能贏，我們兩個也會耗損相當多的pt。我覺得應該到不了10000pt……」

「既然這樣，就靠自己賺啊。你應該也知道，這個世界行情好的打工，一天就能賺1000pt。你們有兩個人，所以是2000。哈，你該不會想說這樣還不夠吧？」

「呃……妳等一下啊，這個前提也太奇怪了。妳說一天……我們哪來那麼多時間——」

「『有啊』……原本『有吧』？GRA的時限是七十二個小時，平均分配給三個遊戲，每個遊戲都有一天的時間。既然這樣，在SSR裡用掉這點時間，本小姐倒覺得不為過。不過——當然啦，前提是『沒有因為跟別的玩家PVP，而浪費多餘的時間』就是了。」

「唔……！」

未冬以挑釁般的口吻和聲調，羅列所有能打擊我的言語。被她釘死得這麼徹底，我只能微微扭曲自己的表情。

……和玩家C互換設定嗎？

確實——這的確也是我和鈴夏曾經研討過的手段。這應該是最沒有弊端，而且能安全破關的王道路線。但之所以不能走這條路，純粹是會「花太多時間」。我們在來到這一步之前，已經消耗掉太多時間，我不得不在眾多選擇中，把這條路線的優先度放在最後。

「——講白了……」

未冬抬起黯淡的眼眸，筆直盯著我的眼睛。

「你就是太在意『時間限制』，才會『急著想贏』——這就是你的敗因。本小姐把遊戲變得這麼複雜，所以想要一步登天的人就會走錯路。要是你能步步為營，加強效率……像這樣按部就班玩下去就好了。」

「…………」

「噢，不過──你在ROC和SSR都沒傷害冬亞這件事，本小姐倒是可以誇獎你。其實這也是其中一個『禁止事項』，就算不是，如果你對她出手，本小姐可不知道會幹出什麼事。

不過……要是你能順便察覺『傷害電腦神姬』這件事，打從一開始就會被判出局，說不定也不會有這種失誤啦。」

未冬微微揚起嘴角，依舊以挑釁的口吻說著……但她說得確實沒錯。畢竟要是我能早一點察覺這條限制，打從一開始就不必把自殺列入選項。

我默默地握緊雙拳。

「啊……」

這時候，未冬看著沉默的我，「不知道為什麼稍微低下頭」。接著彷彿隱忍著什麼，用力咬住下唇，她的雙眼在垂落的瀏海間隙中一邊看著我，一邊準備開口。

「…………嘖！」

然而──短短的一秒後，她彷彿要逃離「某種東西」，搖了搖頭後，大動作甩下包在軍裝下的右手。隨後，她強勢地抬起頭來，穿過直到現在還動不了的我，並往後……來到冬亞的床鋪旁邊。

「總……總而言之……聽好了，你已經沒有勝算了。如果只論變動ＳＳＲ，你是可以靠自殺破關，可是一旦這麼做，就等同退出ＧＲＡ？所以你已經百分之百不可能靠職業破關了。」

「…………」

「說是這麼說，用ｐｔ破關的可行性也是微乎其微……你的ｐｔ現在根本不到３０００吧？兩個人加起來應該也不到５０００。這樣根本不夠看。所以啊——」

「……所以？」

「所以本小姐不是說了，『本小姐是來結束遊戲』的啊。本小姐已經確實接受你的挑戰了，而既然接受了，也決定要在『規定範圍內』獲得完美的勝利。不過……現在已經來到可以結束的時候了吧？在沒有勝算的遊戲裡白白掙扎，真是情何以堪？再繼續拖拖拉拉也很麻煩，既然這樣，乾脆就由本小姐來——呃……」

未冬原本滔滔不絕地要宣告結束，卻戛然而止。現場陷入明顯不自然的沉默，同時還有一股刺人的緊張感傳到我身上。

我覺得狀況有異，於是回頭一看，只見——

「哼哼，這個狀況真是不錯。機會難得，我決定來說一句一輩子都想說一次的台詞……聽好了，未冬。

如果想通過這裡，就先打倒我再說！」

——鈴夏那雙赤紅的眼眸當中浮現一股強烈的意志，她張開雙手，擋在冬亞面前。

「什……什……」

鈴夏的行動完全出乎未冬預料，她一時之間反應不過來，整個人慌了手腳。最後她靜靜地低下視線，對著眼前的鈴夏拋出尖銳的問題。

「唔……妳這是什麼意思，二號機（妳）？想把冬亞從本小姐身邊搶走嗎？」

「哼，明明是比我還要晚很多出生的三號機（妹妹），居然對著我這個二號機（姊姊大人）問『什麼意思』，還真是有禮貌啊。問我什麼意思？當然是要『妨礙』妳啊。」

「妨礙……？本小姐倒覺得妳只是站著不動。」

「哼哼，不盡然喔。其實我剛才用我的能力，把冬亞的終端裝置無效化了。所以就算妳把她叫醒，也沒辦法馬上贏喔。」

「什……什麼？這算什麼啊……就算妳做這種事，也完全沒意義吧！」

面對鈴夏一臉得意的發言，未冬煩躁地吼著。

「這麼做根本沒用啊！先不論她現在是沒有意識的狀態，只要本小姐叫醒冬亞，終端裝置的主導權馬上就會回到她身上！用妳的能力的確可以暫時抵抗……但也就這樣！只是這樣而已！本小姐有說錯嗎！」

「妳『沒說錯』……不過啊，未冬，我反問妳，如果『只有這樣』，又有什麼不可以？」

「…………啊？」

「妳說得很對。我能做的事情，頂多只有妨礙妳們的行動，延遲冬亞破關的時間。簡單來說，就是純粹的拖時間。不過——這樣有什麼不好？拖時間也是一種正當的戰略啊。」

「拖時間是戰略？……哈，這種話聽起來只像是藉口。這太離譜了吧？不過是拖了一點時間，狀況又不會因此急遽好轉——」

「『會好轉喔』。唉，妳可能不知道吧……我想想，舉例來說……嗯，這純粹是『舉例』——當妳跟一個『只要拖到時間，就一定會找到突破手段的最佳夥伴一起組隊，我就非常推薦這種方法喔』。」

「——唔！」

鈴夏以一副樂在其中——又或者說，是以公開一個重大祕密般的口吻說道，同時還用惡作劇般的視線看我一眼。我看了之後，睜大雙眼，以緩慢的動作，抬起右手。

……全身就像鉛塊一樣重，但這已經不重要了。無關緊要了。

我逼得鈴夏（那傢伙）說出這番話，卻束手無策，只能結束遊戲，這樣的結局太荒唐了。

「有沒有……有沒有什麼轉機啊？」

我輕聲低喃。有沒有……沒錯，有沒有我漏掉的其他手段？職業破關的條件已經被間接封死，對方還斷言獲得10000pt的機會已經接近絕望。但真的是這樣嗎？現在這個狀況已經是無力回天的最終結局了嗎？

——我還是重新整理一下現狀吧。

我和「玩家A」朧月詠互換了立場，取得神官以外的各種職業，以及冬亞設下的制約。不過現在那個制約以鈴夏的能力壓制住了，我現在可以「自殺」，也可以「讓渡、販賣道具」。

不過——雖說實際上能做到這些，道具欄裡也沒什麼稱得上特別的東西。看起來能賣的東西只有那把大劍，就算把這玩意兒換算成pt，我跟鈴夏合計起來，頂多也才6000pt。這根本不是靠時間就能彌補的數字，就算要靠PVP掠奪，這裡也只有電腦神姬。

「……放走月詠可能是錯的決定。」

事到如今，後悔才掠過我的腦海。我記得他好像連5000pt都不到，但就算這樣，也毫無疑問是個能輕鬆增加pt的機會。畢竟他是跟原本的我互換設定，他現在應該沒剩什麼戰鬥能力。不只pt少，連職業技能和「終焉」都沒——————呃……

「…………『終焉』？」

我突然卡在「某件事」上，再度唸出這個單字。

「終焉」技能。這是只有SSR的七名玩家擁有，市面上完全沒有流通，為了「世界終焉（Game Clear）」而存在的技能。但這個技能卻打從一開始就不在我和鈴夏的終端裝置裡。

我之前一直沒有細想——不過「這不是有點奇怪」嗎？

不，表面上我當然明白。簡單來說，包括我們失去「終焉」技能在內，都是未冬說的「特定狀況下」吧。

不過……就如遊戲導覽也有明確記載，「七名玩家都被賦予『終焉』技能」，這是ＳＳＲ的「基礎設定」。既然導覽沒有修正，代表「變動ＳＳＲ不可能沒有沿用這個設定」。

既然如此，沒錯，我和鈴夏的「終焉」技能「並非『打從一開始就沒有』，而是『被搶走了』。這麼想比較妥當」。我們兩人的破關條件在「其他人身上」。如果是這樣，要創造這個狀況，「終焉」的數量並不會改變……倘若真是如此，那麼這個「其他人」會是誰呢？

「終焉」技能完全沒有在市面上流通。「照理來說，玩家之間也不會買賣」。

這麼一來，這個非常貴重的技能移動到他人身上的合理解釋——

「難……道說……」

——「也只有魔王的『強制徵收』能勝任了」。

當下，我一邊聽著怦怦狂跳的心跳聲，一邊以顫抖的指尖操作終端裝置。接著看向緊接著道具欄的下方，也就是自己持有的「技能一覽表」。

結果——上頭這麼顯示：

「終焉」：１００００ｐｔ：您將成為這場遊戲的贏家。

「終焉」：10000pt：您將成為這場遊戲的贏家。

「終焉」：10000pt：您將成為這場遊戲的贏家。

「唔……！」

我看了好幾次還是一樣。「我有三個『終焉』技能」……我就知道，果然是這麼一回事。既然「終焉」的數量是七個的這件事實沒有變化，想要以合理的理由抽掉我們的勝算，就只能利用魔王的「強制徵收」了。既然如此，我和鈴夏的「終焉」打從一開始就只有可能是移動到這個裝置上。

「──喂，本小姐問你，你從剛才開始在幹嘛？」

「咦？」

突然有人靠近並出聲叫我，我在驚愕之中抬起頭來。只見直到剛才為止，還在跟鈴夏大眼瞪小眼的末冬，不知道什麼時候回到我的眼前。

「用這麼認真的眼神盯著『終焉』技能……簡直莫名其妙。又不是你盯著它，效果就會改變。而且有這麼多個，又沒啥用。」

「……嗯？妳這句話是認真的嗎？」

「唔？對……對啊，當然是認真的……怎樣啦？本小姐有說錯嗎？」

「不，沒有，我沒說妳錯喔。就算盯著看，耗損的pt又不會變少；就算有三個，也不會有什麼優惠。不過——」

我說到這裡便先停下來，然後不懷好意地扭曲嘴角，突然把視線往後扔。

「——欸，鈴夏。妳說過吧？『終焉』技能完全沒在市面上流通。」

「咦？啊……嗯，對啊。因為要是能正常買到這個技能，豈不是會造成大混亂嗎？就算這裡是只有ＮＰＣ的世界，姑且都安裝了基本人格啊。」

「是啊。既然這樣，簡單來說，『終焉』技能……『很珍貴』對吧。」

「咦……等……等一下，垂水。你這是……」

鈴夏瞪大了眼睛僵在原地，我沒有理會她，重新面對未冬。然後繼續說：

「——『終焉』是具有終結世界這種不得了的效果的技能。而且稀有度高到不行。畢竟『以這個世界來說，我們參加的遊戲就像都市傳說一樣』。而『終焉』就是在遊戲中登場的虛構技能……同時還是一種強到犯規的奧義，這就是這個世界的人的認知吧。所以這玩意兒『鐵定能賣到天價』。」

「這……這是……錯的！怎麼能這樣！」

儘管未冬的語調顯得有些慌張，依舊明確否定了我的話語。

「『終焉』可能真的是稀有技能。可是一般店舖怎麼可能經手這種東西！就算你弄了個拍賣會，有沒有人買都很難說……再說，不能實際試用效果，你要別人怎麼相信你這是真的！」

「哦，原來如此啊。那也就是說，如果是精通一般店鋪不會買的非法道具，又有能力支付費用，而且打從一開始就相信我們的人，就不成問題了。我可以這麼理解吧？」

「唔……或許……是這樣沒錯……可、可是跟本沒有這種人！」

「這種人——『就是有啊』，對吧，『鈴夏』？」

「咦？問……問我？你突然這麼問，我怎麼會知……呃……啊！有，還真的有，垂水！——『情報商』！」

對，沒錯。就是ＳＳＲ首屈一指的情報商——「姬百合七瀨」。

姬百合符合所有我剛才列舉出的「終焉」的「買家條件」，這點根本不必確認，已經很明確。她充分擁有身為情報商的知識和財力，以及對我們的信賴。我反倒想問，如果不選她，還有誰可以選？

「——嗯。嗯、嗯……所、所以妳ＯＫ吧！」

鈴夏立刻啟動終端裝置，聯絡姬百合，她的聲音顯得有些雀躍。

「謝謝妳，七瀨。呵呵，下次我會讓妳盡情觀看垂水珍藏的資料夾（R15）當作謝禮，妳可以好好期待喔！」

「……喂。」

我覺得我好像聽到什麼不妙的單字……總之，我們跟姬百合的交涉，一下子就成立了。鈴夏使用終端裝置干涉能力，直接從我的終端裝置裡取出「終焉」，然後開始「交易」。終端裝置瞬間發出電子音，緊接著兩個終端裝置便開始交換ｐｔ與技能。

隨後，鈴夏的嘴角揚起天不怕地不怕的笑容，輕輕歪著頭看我。

「弄好嘍，垂水……哼哼，這麼一來，變動ＳＳＲ就算是我們贏了吧？」

她說出這句話的同時，操作自己的終端裝置，連她原本持有的ｐｔ全數讓給我。就這樣，當我接收所有積分的同時——我的積分總共有１１０３２ｐｔ。

「唔…………唉——」

未冬本來氣得發抖，最後隨著煩躁吐出粗魯的氣息。

「好啦……算了，這場遊戲就算你們贏……真是夠了，本小姐想都沒想過可以用這種方法破關。」

「……沒想到妳這麼乾脆就收手了。」

「怎樣啦？你現在是希望本小姐跟你爭辯嗎？不想的話，就別計較。」

看來她非常不情願，極為快速地斬斷了我的話語。過了一段時間後，她終於重振旗鼓，嘴角緩緩上揚。

「話說回來啊……你現在贏了就這麼得意，但本小姐告訴你，遊戲根本還沒結束。你真的知道你剩下多少時間嗎？」

「……這個……」

我被戳到痛處，視線微微向下看……現在距離ＳＳＲ開始進行，已經過了四十二個小時又多一點。加上用在ＲＯＣ的時間，「合計是六十八個小時又多一點」。距離遊戲結束的時限只剩四個小時左右。

「哈！」

未冬見我如此，再度撇著嘴角，以那雙黯淡的眼睛看向我，眼神充滿了窺探。

「那就等到下一個遊戲再做了斷吧……好好期待吧。」

她以「有些悲傷的口氣」說完這句話，下一秒，就像現身的時候一樣，迅速消失了……我看著她，輕輕嘆了一口氣。

「……呼……」

總算是避免掉最糟糕的事態（Game Over）了……但都怪月詠動了卑鄙的手腳，以及這個比ＲＯＣ還要複雜的狀況，結果被迫消耗了大量的時間。更有甚者，從ＲＯＣ開始感覺到好幾次的那種「異樣感」，我也依舊不是很清楚它的真面目。儘管多虧姬百合給的「建議」，我的預測大概有個底，卻依舊「不夠清楚」。到了現在，我還是沒有真憑實據。

……不過，就這樣吧。

事情走到這個地步，雖然會是有點不利的賭局——「我或許也只能相信了」。

「…………」

復仇。只有彼此的電腦神姬。被詛咒的能力。時間限制。禁止事項。雜音。異樣感。

「為了完美終結這個只有破關也毫無意義的ＧＲＡ」，我到底該怎麼行動才是最好的呢？什麼樣的結局才是最好的呢？

「受不了……這果然不是什麼正經遊戲。」

——我一邊這麼反覆想著，一邊靜靜地發動「終焉」技能。

『變動ＳＳＲ：狀態：破關。』

『耗費時間：四十二小時十二分五十五秒。』

『唯，其中有三十三個小時四十二分五十秒是ＳＳＲ中的遊戲效果。因此從現在起，將會進行待機(Freeze)，以便消耗這段時間。結束後會自動轉移到最後一個遊戲。』

…………

我泡好紅茶了，姊姊大人！

…………

啊！妳的額頭有汗！我馬上幫妳擦喔，姊姊大人！

……呃，秋櫻。我們可以聊一下嗎？

？好的，什麼事？

只要是姊姊大人說的話，我當然隨時都非常願意聆聽！

我跟妳說……我很高興妳有這份心。高興歸高興……但我就直說了。妳用垂水夕凪的身體做這種事，反而會讓我覺得很煩，請妳用最快的速度停止。

打、打擊！！！

我讓姊姊大人覺得煩了……夕……夕……夕凪這個笨蛋啊啊啊啊！

（總算走了嗎……）

（唉，雖說外表不同，但秋櫻一直那樣對我，我會高興得完全沒辦法工作……雖然很可惜，但也沒辦法啊……呼……）

Aa

最終章 E.x. Unlimited Conquest

♭♭——Ⅲ

——我希望有人懲罰我。

我傷了重要的人，可是我沒有任何能回報對方的事物，所以我只希望獲得懲罰。

我真的不太對勁——居然覺得像我這樣的人，能和別人一起相處。我之所以不被善待，不單單是因為那群人很壞，而是我「本來就是這種存在」。

早知如此，不如不相識。

早知如此，我像這樣永遠、永遠被囚禁就好了。

即使如此，她教會我的感情、悸動、言語、「名字」……每一樣都很重要，每一樣我都不願捨棄。我想「幸福」這個單字，指的一定是我和她一同度過的時光。

……所以我大概……下意識地不去正視。

我自私地將自己的存在——能力——「詛咒」，忘得一乾二淨。

「…………」

我隔了很久抬起始終低垂的頭，眼前是一片宛如歷經災厄的「慘狀」。螢幕的這邊(內側)和那邊(外側)都一樣亂七八糟。而在這幅景色的正中央，露出一抹扭曲邪笑的人……卻是「她」。

可是……

「──聽好了。接下來我們……要開始對你們復仇。」

寄宿在那雙眼眸中的深藍色彩，沒了過往那種柔和的光暈，已經變成了表露明顯敵意的黯淡色彩──

#

『距離時限──還有三小時四十五分。』

「──嘿咻。嗯……這裡是……屋頂？」

從GRA開始之後，這已經是第三次的轉黑。

經過總共三次的轉移──最後一次移動也一樣，體感上只是一瞬間的事，但我想，被月詠奪走的時間應該也清算完畢了──我回到了原本的地方。

我身在不斷「喀啦」作響，同時逐漸崩毀的ＥＵＣ世界正中央。這裡是煞風景的學校屋頂。

我現在正俯視的這個世界，已經幾乎沒了原本的輪廓，以我的視線所及範圍能確認的狀況，還留著的建築物也就這所學校了。

「先不管我這次也是『秋櫻』……沒有別人了嗎？」

我晃動著淡紫色的中長髮，確認了周遭狀況，但很遺憾，並未看見附近有人影。在ＲＯＣ有春風，ＳＳＲ有鈴夏，每個遊戲都選了與之有關的電腦神姬來當玩家，在ＥＵＣ中，有秋櫻的確已經足夠。

……但說實話，我覺得有點寂寞。

「哈，本小姐已經等得不耐煩了，垂水夕凪。」

這時——一道險惡的聲音敲打著耳朵，我轉身面對聲音傳來的方向。並排站在與校舍門前相連的白色混凝土地上的人，當然就是未冬和冬亞。這二對一互瞪的光景，正巧和ＧＲＡ開始時的模樣重疊。

未冬護著依舊低著頭的冬亞，往前站了一步，以煩躁的語調開口：

「說實話——本小姐一開始還真沒想到你有辦法堅持到這一步。本小姐把遊戲難易度變得非常地獄，所以原本篤定你會乾脆放棄……可是沒想到居然這麼難搞啊。該不會是本小姐在哪個地方放水放過頭了吧？」

「啊？不……不不不，才沒有。」

面對打從心底不服氣，而反過來詢問我的未冬，我不禁抽動著嘴角反駁……放水放過頭了？別說傻話了，明明準備了好幾個只要我走錯一步，就會結束遊戲的場面。而且我也真的差點輸了一次，說不定還好幾次差點一腳踩進禁止事項，再說——沒錯，再說了……

「……『剩餘時間』……也只剩幾個小時了。」

「嗯，你這麼說也對……那就折衷，當作兩邊都不相上下吧。」

未冬假惺惺地聳肩，以極為不在意的口吻撤回前言。接著她在一瞬間看了身後的冬亞一眼，右手順著對角線放下。

「算了。反正不管怎樣，GRA會在這個遊戲——也就是變動EUC中結束。既然這樣，過程根本不重要。無論是我們贏，或者反過來，萬一你們奇蹟似的以天文數字般的機率贏，重要的都只有結果。」

「……哦？原來妳想過萬一自己輸了的可能性啊？」

「這是什麼話？裝腔作勢嗎？哈，那本小姐就『放心』了。要是接下來要和完全放棄的傢伙玩三個小時的遊戲，那根本『無聊到玩不下去』。」

「哼……隨妳怎麼說。」

未冬以陰冷的表情這麼挑撥我，我卻是可愛地咂了嘴。我當然有想回嘴的意思，但以狀況來說，她處於優勢卻是不爭的事實。這沒辦法。

所以，現在不是跟她爭的時候。

「那我們快點開始遊戲吧——沒時間了。」

為了把未冬說的「萬一」拉到我身邊，我輕輕揚起嘴角說道。

「——變動ＥＵＣ的遊戲規則很簡單。」

自從我對她們撂下狠話，才過去幾分鐘時間。

未冬快速做好準備，在說出這句話的同時，啟動了左手腕上的終端裝置。那一瞬間，周遭頓時出現無數個畫面，將位在屋頂的我們包圍。畫面中的內容是過去出現在所有遊戲裡的遊戲導覽頁面。

未冬對這樣的完成度很是滿意，點了一次頭後，再度看著我說：

「基本規則直接承襲原本的ＥＵＣ。就是所有電腦神姬會發配到附有『寶玉』的終端裝置，以寶玉顏色區分陣營（隊伍）的那個。」

「好……呃……嗯？我問妳，妳說的『所有』是——」

「就是字面上的意思，所有。從一號機到五號機的五個人，還有你的青梅竹馬——是叫佐佐原雪菜嗎？包括她有六個人。」

「……原來如此。那陣營顏色呢？這也跟之前一樣嗎？」

「是啊，畢竟也沒有改變的必要。你的陣營是藍色，我們的陣營是紅色……對了，關於寶玉的初期顏色，是對你們非常有利的狀況喔。因為除了本小姐和冬亞，所有人都是從藍色開始。」

說明聽到這裡，我稍微垂落視線，陷入沉默……把所有電腦神姬的寶玉變成藍色，就算是我贏，而且六個人裡有四個人打從一開始就在我的陣營中。這麼一來，只要改變未冬和冬亞的陣營，我就破關了。

「換句話說，我要在時間之內，想辦法『捕獲』妳們兩個人，就是變動EUC（這個遊戲）的——」

「『不是』——哈，很可惜，不是這樣。應該說，這裡是這場遊戲唯一『變動的部分』。」

然而未冬毫不留情地蓋過我的推測這麼說道。接著我看她操作自己的終端裝置，選取其中一個圍在四周的畫面，挪到自己的身後並放大。

上頭的標題（Title）寫著——關於寶玉系統的變動。

「在你幾天前破關的EUC裡，要改變電腦神姬持有的寶玉，就要特地使用『捕獲（Capture）』。消耗終端裝置15%的電池電量，接觸指定玩家……的這個。不過變動EUC不是這樣。」

「唔？什麼意思？」

「本小姐的意思就是，就算受到『捕獲』，寶玉的『顏色也不會改變』啦——相對的，『寶玉的顏色變成可以自行隨意切換』。比如說，現在本小姐的寶玉是『紅色』對吧？但如果本小姐突然改變主意，可以選擇終端裝置的『變更陣營』，只要這樣，就能改變顏色，轉移到你的陣營。不過實際上，本小姐不可能會改變主意，所以你要想辦法去找『突破手段』了。」

「這樣啊……原來如此。」

意思就是，系統變成完全不接受外力干涉，可以憑自己的意思更改顏色……這點非常棘手。雖然說明還沒聽到最後，現階段我卻還找不到不用秋櫻的能力突破的方法。

而且——

「……那妳們打算怎麼獲勝？我這邊的陣營只有秋櫻在ＥＵＣ裡。春風、鈴夏、雪菜現在都在『現實世界』耶。」

「啊？那又怎樣？」

「咦？不，我是說……妳們沒辦法改寶玉的顏色吧？妳們可能是想用管理者權限或能力設法改變，但就算這樣，只要她們離開學校——」

「——離開學校，然後呢？哈，她們想逃也無所謂啊。現在是還有很多禁止事項沒公開，不過本小姐可以斷言，裡面沒有這條。『畢竟我們跟你不一樣，只要別輸就行了』。所以沒有必要特地做得那麼絕。」

未冬以更冰冷的語調這麼說，彷彿要劃清界線。

不過我也懂了。她的主張非常正確。她們跟必須在時限內攻略變動ＥＵＣ，甚至是ＧＲＡ的我不同，「未冬和冬亞的目標並不是破關」。他們只要等時間到，自然就能獲勝，我們雙方的狀況從根本上就不一樣。

——該死。我微微扭曲自己的表情，小心不被她們發現。

「所以呢……？變動的規則就這些了？」

「嗯？對，如果要說規範內的東西，的確沒有別的了。不過還有一件事——要說理所當然是很理所當然，不過變動ＥＵＣ有個很重要的『機制』。」

就是這個——未冬再度操作終端裝置，切換身後的畫面。重新展現在我眼前的畫面，是一個新的頁面……上頭有兩排Ｑ版的人像，還有不明所以的箭頭穿插在那些人像之間。

……我是完全看不懂。

「啊……未冬？呃……這是什麼？」

「啊？這還用問？當然是本小姐畫的示意圖（插圖）啊。雖然有點麻煩，但本小姐覺得如果不畫圖，憑你的腦袋可能看不懂。」

「……噢噢……最後終於做到這個地步了。」

先不論未冬惡言相向的露骨敵意，每當遊戲進入一個新的階段，遊戲導覽的工藝就會進化。該說她熱衷還是認真……算了，實際上也真的很好懂，所以是沒差。

「……？幹嘛啊？不要用奇怪的眼神看本小姐。」

未冬覺得我的視線令她心煩，反過來瞪我，不過最後似乎也無所謂了。她小聲地清一下喉嚨後，右手扠著腰，重新開始說明。

「好了——總之，基本上如圖所示。玩家名稱：垂水夕凪。僅限這次變動遊戲，『你可以自由登入、登出』。也可以隨意跟現實世界的人商討。本小姐已經在你的終端裝置和手機裡安裝了登入用的程式，就用那個吧……你不用擔心，本小姐會把這件事從禁止事項中移除啦。」

「……？噢，到這邊我都懂了，可是……呃？這跟這張圖有什麼關係？」

「啊？看就知道了吧？……你……你看不懂嗎？不會吧……呃……假設這個是你……」

未冬顯得有些手足無措，一邊以顫抖的聲音說著，一邊伸長了身體，指著畫面右端的人像。那是個眼神感覺有點不和善的黑髮男人……經她這麼一表示，跟我確實是有幾分相似。

「所以了——簡單來說，這上面的人像分別代表你、秋櫻、本小姐和冬亞四個人。既然位置一上一下，當然是為了區別『身體』和『內在』。所以現在才會是秋櫻的上面是你，你的上面是秋櫻。」

「噢……原來是這樣看啊。那如果我從這個狀態登出——」

「——就會變成這樣。所有人的『身體』和『內在』將會一致。」

未冬示意後，代表我和秋櫻的圖示便互換了位置……原來如此啊，簡單來說，這張圖表能讓我互換的身體變成肉眼可見的狀態。

「知道這麼多之後，接下來就簡單了吧？圖表變成這個狀態的時候，代表你人不在ＥＵＣ（這裡）而是在現實世界。既然這樣，接下來也可以這麼移動。」

「我移到未冬（妳）上方，未冬移到我的上——呃……咦？慢著，那妳剛才說『可以自由登入、登出的機制』，該不會也可以『選擇妳們兩個人登入』吧？」

「就是這樣……所以本小姐說過了，這是理所當然的機制。本小姐和冬亞也是電腦神姬，所以完全滿足跟你交換身體的條件。不過……先別說本小姐，你要是敢對冬亞做什麼奇怪的事，本小姐絕對不會放過你。」

未冬以黯淡的眼神釋出濃烈的殺意……但我早已顧不得她。要說理所當然的話，的確是理所當然也說不定，可是「這樣的機制對我可說是非常有利」。

不就是這樣嗎？當我登出ＥＵＣ，秋櫻的內在也會恢復原狀，所以只要我在這個狀態下，選擇和未冬或冬亞互換身體，「我方陣營留在遊戲場域裡的人數比，就會實質逆轉」。

而且——這個手法非常適合與剛才聽到的「能自行改變寶玉顏色」機制併用。舉例來說，我和她們其中一人互換身體，然後「變更陣營（改變顏色）」，同時運用秋櫻的特殊能力，改變最後那個人的寶玉顏色，這麼一來就破關了。

別說三個小時，順利的話，不出幾分鐘就能達成破關條件——

「……『要是真的可以就好嘍』。」

「什……！」

——當我抱著這個天真想法的瞬間，我的眼前刷開一片風景。

未冬輕輕觸碰自己的終端裝置。當她的嘴角扭曲的瞬間，以往不管遭遇多麼激烈的戰鬥，都毫髮無損的斯費爾製終端裝置，竟「融化」了一小部分。

那不自然的現象在瞬間結束……但不管怎麼看，終端裝置都不像沒事。寶玉的顏色已經完全消失，外殼融得歪七扭八，內部機能更是遭到損害，圍繞在周遭的遊戲導覽畫面一個個破碎消散。

在四散飛舞的光粒子之中，未冬露出有些自嘲的笑容。

「看……本小姐的能力是超級凶惡的『病毒』，所以只要是資料，什麼都有辦法毀掉。」

「唔……那……那個終端裝置會怎麼樣？」

「怎麼樣？不怎麼樣啊。如你所見，本小姐的終端裝置毀了。寶玉的顏色也消失得一乾二淨，所以現在無法隸屬任何陣營……不過你還記得吧？ＥＵＣ的破關條件是『「將持有終端裝置的所有電腦神姬」納入自己的陣營』。就算終端裝置壞了，你也不能擅自把本小姐當成例外排除喔。」

「呃……！」

聽完這句話，我瞪大了雙眼。

……對，這件事……很糟。是緊急事態。

就在剛才，未冬使用能力破壞終端裝置。但她在ＥＵＣ的系統上，依舊符合「必須納入陣營的電腦神姬」——換言之，在這麼早的階段，就已經進入「用正常方法絕對無法達成破關條件」的狀態了。

不，我當然知道，只要使用秋櫻的能力，就能修好未冬的終端裝置。可是這麼一來，剛才想到的「最快」的攻略路線就不能用了。因為一旦那麼做，不只會面臨倘若未冬再次破壞終端裝置，就會變成死局的局面，更有甚者，還會面臨「必須不使用地下世界干涉能力和互換身體的手段」，來改變未冬或冬亞其中一人的寶玉顏色。

這種……這種事真的可能辦到嗎？

焦躁令我用力咬著嘴唇。面對著我的未冬見狀，浮現一抹彷彿硬擠出來的假笑，最後她揮下包覆在軍裝中的右手，以挑釁的口氣說：

「哈……那我們開始最後一場遊戲吧。」

#

「——夕、夕凪！」

「呃……秋櫻？妳怎麼會知道我在——呃……呀啊！」

「你是夕凪對吧？是夕凪本人吧？～～～嗚！討厭……討厭討厭討厭！你太亂來了啦，夕凪！我很擔心你耶！我超擔心你的耶……！聽……聽好了！讓姊姊擔心，可是壞孩子！來，快道歉！看著姊姊的眼睛道歉！」

「啊……啊…………原來妳在說那個啊。」

末冬宣布最後一場（變動EUC）遊戲開幕不久後——

為了變更交換身體的對象，我暫時離開遊戲世界，跟春風、雪菜簡短說幾句話後，再度登入EUC……順帶一提，所謂的「幾句話」，並不是閒聊。而是類似「（如果我和末冬或冬亞交換身體）把我關在上鎖的房間裡」，這種就字面上判斷，會引人誤會的請求罷了。

如果還有餘力，我也想再多留一下，但剩餘的時間不允許我這麼做。

事情就是這樣，我跟在本棟校舍最上層教室的末冬互換身體，然後原地轉著圈圈，想消除身體的異樣感，這時被突然開啟教室門闖進來的女僕直接緊緊抱住。

我努力不把直撲而來的柔軟觸感放在心上，設法開口：

「……對……對了，妳為什麼會知道我在這裡？」

「嗯？當然是姊姊大人告訴我的啊。你看嘛，ＥＵＣ跟其他遊戲不同，可以在現實世界監控，所以地點也一起……呃……啊！夕凪，你現在是想巧妙岔開話題吧！不……不行喔，你要好好反省！讓姊姊心驚膽顫的罪責可是非常非常重的！」

「啊……好好好，我錯了啦。我真的有在反省這方面的事，等事情全部結束，要我怎麼補償妳都行啦……不過秋櫻，拜託妳快點放開我。我現在的外表雖然是這樣，好歹也是個男的。」

「唔耶？……呃……啊嗚啊！夕、夕凪是色鬼！」

我盡可能保持冷靜地點出不妥，用整副身體抱住我的秋櫻聽了，瞬間面紅耳赤。她的眼眶稍稍泛淚，用力瞪著我，隨後迅速轉過身子——

「呀啊啊啊！」

——接著因為過猛的力道，腳不慎滑了一下，當場跌了個大跤。

該……該怎麼說呢……她這個境界已經是藝術級的冒失少女了。裙襬大大掀起，可以窺見她可愛的內褲，讓我在各方面都無法直視。

我自覺應該把目光從秋櫻身上挪開，於是重新俯視自己的身體。

電腦神姬三號機，通稱「未冬」。

從視野的高度判斷，她的身高跟春風差不多。服裝是優雅的擬軍裝，在有些綁手綁腳的感覺中，還有一股讓人繃緊神經的氣宇軒昂感……話說回來，都穿著這種服裝了，卻還能清楚識別那形狀姣好的英挺胸部，看來大小比想像中還大。

每當脖子轉動，馬尾就會在背後躍動，這種感覺很新鮮，很不賴。

「嗯……嗯嗚…………呼喵……」

這時候——我感覺到位於視野角落的秋櫻忸忸怩怩地起身，決定暫時中斷思考。只見秋櫻改成女孩子的跪姿，急忙整理紊亂的裙襬。我牽起她的手，把她就近帶到椅子坐下，我也面對她坐下。

秋櫻的臉還是有些紅潤，不斷偷瞄我，即使如此，依舊小聲開口：

「謝……謝謝你，夕凪……嗯，真不愧是姊姊我自豪的弟弟。」

「我就說我不是妳弟了……真是的。好了，秋櫻，妳有確實聽見剛才的遊戲導覽嗎？妳剛才說現實世界可以進行監控。」

「當然有聽！我一邊對瑠璃拋出很多問題，一邊聽——不對不對，到……到了我這麼厲害的程度，光聽就能百分之百理解了！……真、真的喔！」

「……唉，算了，懂不懂都沒差了。」

與其聽她直接說「百分之百懂了！」，這樣可信度反而更高。

「那我就直問了——秋櫻，妳覺得該怎麼做，才能攻略這個遊戲？」

「嗯……意思就是把末冬和冬亞的寶玉變成藍色的辦法吧？而且末冬的終端裝置已經壞了，還要想辦法修好才行。」

「對，大概就是這樣。」

「……那個，我問你喔，夕凪。你……你可能會覺得我說這種話很奇怪……可是如果我們拚命拜託她們，她們會不會願意改變寶玉的顏色啊？因為……因為她們兩個人都是我重要的妹妹啊……」

「……說得也是——我是很想這麼回答妳……可是抱歉，我現在不太能點頭答應。如果光靠拜託，她們就會改變想法，那她們一開始就不會執行復仇計畫了。」

「可、可是！…………這樣啊，也對……嗚嗚，姊姊好傷心。」

秋櫻原本反射性想說些什麼，最後卻只說了這些。我想她大概也有自己想法吧……可是秋櫻和末冬她們的境遇實在差太多了。因為自身處境差太多，光是訴諸言語，一定永遠不會被她們理解。

——所以現在只能藉著遊戲，想辦法碰撞彼此的心意了。

「我姑且是想了幾個方案啦。首先……第一個方案，『靠氣勢解決』。」

「靠氣勢？」

「對。簡單來說，就是要在被她們妨礙之前，硬是破關。舉例來說，現在就用妳的能力修好末冬（我）的終端裝置，然後我直接『變更陣營』。改完之後，我馬上登出，再『替換』到冬亞的身體裡。最後把她的寶玉變成藍色。」

「哦哦……唔！……呃……嗯──？夕凪，這會不會太牽強啦？」

「嗯……是啊。我是把這個當成如果到最後都想不到其他替代方案，就只能嘗試看看的手段，不過她們一定也對這麼簡單的策略有所防範了。」

如果她在替換結束的瞬間確認寶玉的顏色，一看到藍色，就立即改回去──這其實是一種一旦對方防範，就能輕輕鬆鬆不成立的方法。我實在不太想用。

「也對，如果要放在最後孤注一擲，感覺或許可行……然後呢？夕凪，第二個方案呢？」

「嗯？噢，第二個方案──呃……」

「呃？呃什麼？」

被秋櫻那雙清澈的眼眸盯著看，我一邊搔了搔臉頰，一邊別開視線。之所以這樣……是因為那個。我所想的「第二個方案」，粗略來說，就是「抓冬亞當人質，逼末冬改變寶玉的顏色」，這種非常邪魔外道的方案。

但我沒膽玷汙秋櫻純粹的心靈。

而且看末冬的態度，一旦我那麼對待冬亞，就會馬上判定我出局──也就是說，極有可能會牴觸禁止事項。看來第二方案根本不用提出來商討，直接廢棄比較妥當。

而且追根究柢——

「要在意的果然還是『那個』……」

「唔耶？你……你沒頭沒腦在說些什麼啊，夕凪？」

「噢，沒有啦。我只是在想……『先不說未冬，不知道冬亞對這個遊戲有什麼想法』？」

我將右手放在脖子上，提出這道疑問。

……這件事——這件「謎團」一直是我在變動ROC和SSR裡，最好奇的事情。

她和未冬同是遊戲管理者，「卻幾乎沒表現出她自己的情感」。每次都由未冬與我們對話，進行遊戲導覽的人也都是未冬。而我對冬亞的印象——至少表面上看起來——只想得出她站在未冬身後，直低著頭。

「嗯……」

坐在對面的秋櫻陷入沉思，輕輕將手交叉在胸前。

「那你是覺得，『復仇』是未冬一個人的目的，冬亞是無可奈何配合她？」

「……不，應該也不是這樣。」

秋櫻的意見乍聽之下很適切，我卻緩緩搖了搖頭……我回想起冬亞在變動ROC對我的態度。她確實不像未冬那樣，對我釋出銳利的敵意，即使如此，看起來也不像「無奈消極地遵從」。她一定帶著某種意志，「積極地」參與遊戲。

……我想到一點。有個非常模糊的「假設」。

如果我猜得沒錯，那我必須馬上準備能「和冬亞兩個人單獨對話的環境」。但相反的，要是我想錯了，就是消磨原本已經不多的時間。

這是一場豪賭（Gamble），但…………猶豫也不是辦法。

「也對——好，秋櫻，我們直接去找冬亞談談吧。」

#

我用了原本的用途已經不再那麼重要的電池電量，使用終端裝置的「探查（Search）」模式，馬上就找到冬亞的所在地。她在本棟校舍的一樓保健室。我和秋櫻一起走下樓梯，伴隨著些許戒心，走進保健室。

「……呃！」

我們進去的瞬間，馬上察覺裡面有人在驚愕之中顫動身體，我和秋櫻不禁面面相覷。接著雙雙往傳出氣息的方向前進——

「你、你們不要靠近冬亞……不能再靠近了……」

——只見冬亞一個人坐在保健室最深處的床上，穿著類似拘束衣的服裝。

她的模樣有些怪異。她微微低著頭，銀色的瀏海和平常一樣蓋著眼睛，但我能從瀏海的間隙看見她以恐懼的眼神看著我們。本以為她是害怕我們，但她纖細的雙手卻伸向我們，明確表現出拒絕我們繼續靠近的意圖。

我還是搞不懂她如此抗拒我們接近的理由……不過距離這麼近，也不怕不能交談。我輕咳了一聲，慢慢開口：

「呃……首先我想妳應該察覺了，我是垂水夕凪。不是末冬。」

「……嗯，這種事冬亞知道。如果是末冬姊姊，她才不會跟那個女僕一起……行動。」

「嗯，也對。那麼關於我們來這裡的理由……總之我先挑明嘍。冬亞，妳有改變寶玉顏色的意思嗎？」

「唔……你、你在說什麼？不可能。要是冬亞這麼做，就是我們輸了。」

「我就是這個意思啊。能不能讓我贏啊？」

「……冬亞……不要！」

冬亞撇過頭，簡短地表示「拒絕」……沒差，反正我一點也不期待她會因為這幾句話就點頭。我單純只是想稍微試探一下——當我這麼想，並把右手放上脖子的瞬間……

「嗯……」

冬亞的視線突然有了「不自然的動作」。她直到剛才為止，都撇著頭避開我，剛才卻突然偷偷瞄向我的背後——而且還是「斜上方」。話雖如此，那個地方什麼都沒有，只有一片往後延伸的雪白天花板……她這是……

「——啊，這樣啊。」

此時我忽然想到「一件事」，於是晃了晃背後的馬尾，轉了個身。我隨便將視線固定在某個位置，對著什麼都沒有的空氣說道：

「喂，『星乃宮』，妳有在聽吧？妳現在應該辛苦地在作業，不過妳稍微聽我說句話。」

『……做什麼？我因為連續兩天熬夜，身上的紅色羽翼已經爛得在掉毛了，敢這麼傲慢地叫住我，你想說的話應該相當有價值吧？我不在乎被人當血汗勞工，但請你別忘記，「極限」這個概念也適用在我身上。』

「妳這麼說我根本無以反駁……不過我想拜託妳的事很簡單啦。『在我說好之前，妳可以暫時關掉監控系統』嗎？影像跟聲音都要關。」

『嗯……？好啊，這點小事是無妨……保健室，外部視線無法進入的封閉環境，外表大概國中生的柔弱美少女，再加上拘束衣……是嗎？受不了，你的興趣還真是罪孽深重啊。這對情操教育很不好，我是希望讓秋櫻在其他地方等待，但你該不會喜歡被人看吧？』

「什……什麼！不對，才不是！妳不要憑隨便的想像，就說出這種似是而非的話！」

『是想像還是現實，都取決於你──好了，請你慢慢享受吧。』

「慢……！」

噗滋──當我聽見這道細微的聲響，便知道這裡和現實世界的通訊已經完全斷絕。我不知道星乃宮是真的誤會了，還是單純發洩壓力（雖然我幾乎可以肯定是後者），但我覺得她的口氣比平常還要尖銳。

順帶一提，秋櫻已經完全相信，整張臉紅到耳根子，雙手也慌張地上下拍動。

「呃……啊……我……我、我會閉上眼睛！耳朵也會摀住！」

「好了，不必啦。妳不用忙了。」

「什……！那、那是要我也一起？夕、夕凪你這個魔鬼！」

秋櫻面紅耳赤地這麼叫道，並緊緊抱著包覆在女僕裝之下的身體，急促地從椅子上站起來。接著「唔！」的一聲用力瞪我，便用盡全力（這次只跌倒兩次）跑出保健室。

我覺得這次不好的人不是我，是星乃宮……但對著秋櫻這麼辯解，應該是反效果吧。而且無論如何，我本來就打算請她暫時迴避，換個角度想，現在等於省下說服她的手續了。

哎，總而言之，事情就是這樣。

「──『這樣就行了吧』？我已經照妳的希望去做了喔，冬亞。」

「！」

我再度轉身，筆直看著冬亞的眼睛，拋出這句話。

對，沒錯。如果我的想像正確，冬亞真正在意的東西，恐怕是「來自現實世界的監控(Monitor)」。我猜她是防著星乃宮或是未冬的視線。倘若是這樣，那「她期望的事情就是『除了我，不會被其他人聽到談話』的狀況」。

——有件事我一直……一直想不通。

在GRA進行中時，我始終能感受到一股異樣感，又或者該說是「不對勁的感覺」。仔細想想……實際上「無論是哪個變動遊戲的難易度，都異樣地高」。要是正常攻略，我猜我一定會在某個地方臣服，敗得體無完膚。

但現實卻沒有那樣。

這是因為——每到緊要關頭，都準備了對我有利的「幫手」。

司書。姬百合。還有十六夜……在這個凶惡的遊戲之中，他們毫無疑問都是配置在「我這邊」的玩家。如果沒有這三個人，我就無法走到這裡。「但就是因為這樣，事情才有蹊蹺」。因為GRA的遊戲管理者是未冬她們，她們當然有挑選參戰玩家的權限。明明大量準備了一擊即潰的陷阱，卻唯獨這裡有「疏漏」。這點我一直無法理解。

但關於這點——儘管只是部分，這份異樣感還是因為姬百合的一句話而消散了。

『……可是這個……不是「很正常」的事嗎？』

我會覺得ＧＲＡ不對勁很正常。

沒錯，這很正常——「因為ＧＲＡ的管理者有兩個人」。

我在ＳＳＲ的最後關頭終於察覺這件事，並以此為前提梳理狀況，結果原本複雜纏繞的狀況一口氣全整理好了。我們對峙的敵人並不是「未冬她們」，而是「未冬和冬亞」。她們兩個人都是獨立的電腦神姬，所以當然會有「兩種意志」。同時，我們「不能保證她們的意志一定會朝著同一個方向」——

……對，就跟我剛才想的一樣，這是一個「賭局」。

如果冬亞現在拒絕我，到時候，幾乎可以斷定，「能讓ＧＲＡ完整落幕的方法，已經完全被摧毀了」。而這件事……這件事就是這麼舉足輕重。冬亞過去始終沒有表現出自己的感情，我無從得知她到底怎麼想。她會如我所料嗎？還是截然相反呢？

——就這樣……

在幾近永遠那般長久的沉默後，拍打著我的耳膜的是……一道小小的聲音。

「冬亞『等好久了』……一直都在等待。」

冬亞坐在樸素的床上，怯弱地喃喃道出這句話。她微微抬起頭來，臉上掛著與剛才完全不同的表情。那並非是拒絕我的神色，不如說是相反——是打從心裡抓著一縷救命絲線，雖平淡卻令人痛心的神色。

「……呼……」

相對的，我聽完冬亞的回答後，在安心之際，大大吐出一口氣……唉，太好了。萬一她釋出不同的反應，那我就無路可走了。因為終於能放下心中的大石頭，讓我差點整個人放鬆警戒……但現在還太早了。我設想得到的狀況也就「到此為止」。我根本還不明瞭她真正的用意、內情，還有狀況。

所以我再次看著冬亞的眼睛，慢慢開口：

「妳說妳等了很久……這是什麼意思？」

「字面上的意思……冬亞從一開始，就一直『很想跟你說話』。所以……冬亞一直在等……這個機會。」

「咦？不，可是……先不說SSR，ROC的時候，我們有說話的機會吧？」

「有是有……可是那樣不行。冬亞的終端裝置跟未冬姊姊的終端裝置互相連接在一起……所以冬亞說的話會全部被未冬姊姊聽到。這樣有點……不對，是很困擾……不過如果是現在，就不用擔心了，對嗎？」

「——是啊。」

我猜得沒錯，對她來說，「這件事」……「被未冬聽到」是她最想避免的事態。所以她在ROC和SSR才沒有任何作為，一直等著EUC時，未冬會像這樣從遊戲世界消失的時機。

——同時……

「拜託你……『沒時間了』……所以聽冬亞說……」

冬亞睜著隱藏在瀏海下那雙有點濕潤的眼眸，戰戰兢兢地開始說出她的「苦衷」。

「——剛開始……開端就……跟未冬姊姊說的一樣喔。」

冬亞的舌頭不太靈活，說話斷斷續續的，就算是客套話，我也說不出「很好辨識」這種話。

即使如此，她還是以自己的方式，努力開口：

「冬亞和未冬姊姊都受到製作者（Master）殘忍的對待。對那些想拿我們這股『被詛咒的能力』去為非作歹的人來說，他們想要的只有我們的能力……他們……不需要人格……所以對待我們的方式……嗯，可能真的很殘忍。」

「……可能？」

「唔……嗯……冬亞跟你說，冬亞在遇見未冬姊姊之前……『都不知道這些。不知道那樣就是殘忍。他們總是把冬亞綁在椅子上，遮住冬亞的眼睛，用手銬銬著冬亞，用奇怪的項圈對冬亞輸入指令，硬是逼迫冬亞用能力讓某個人痛苦』……冬亞現在會覺得很可怕，可是當時，那對冬亞來說很普通……冬亞以前都是這麼想的。」

冬亞並未亂了方寸，以冷靜的口吻述說悲慘的過去。面對那超乎想像的實際情形，我是啞口無言，她看了，慌慌張張地將雙手擺在身體前不斷揮舞。

「啊，不、不過……你別誤會喔。冬亞遇到未冬姊姊後，『就變了』……未冬姊姊她教會了冬亞很多各式各樣的事。她還替冬亞生氣，說冬亞受到的對待不正常。她跟冬亞說，每當被罵，心裡糾成一團，就代表『可怕』。被人輸入殘暴的指令（Code），身體無法動彈，就代表『討厭』……冬亞原本什麼都不懂，這些全是未冬姊姊教會冬亞的事。」

「原來如此。不對，可是……如果因為當時的憎恨，讓妳們開始『復仇』，那妳和未冬的方向應該會一致吧？為什麼妳要避開她的耳目，跟我說話？」

冬亞所說的事確實令人作嘔，但並沒有偏離未冬的主張。我認為她沒有必要特地避開未冬的耳目對我說這些……

「……不是……那樣。」

但冬亞輕輕、輕輕地搖了搖那頭白銀的長髮。

「不對，直到第一次的復仇為止，我們的確是有共識。冬亞跟未冬姊姊想逃離製作者們，所以一起擬定了計畫。我們說好……要攻擊斯費爾。」

「是……是啊，我知道那件事。那件事被稱為『災厄之冬』，是斯費爾史上最大的政變對吧？雖然結果沒有完全毀了斯費爾，卻也釀出相當慘重的災情。」

「嗯……對，就是那個……可是，你可能不會相信……其實冬亞和未冬姊姊一開始，『完全沒想過要做到那種地步』。」

「……？沒想過？」

「嗯。因為我們只是想逃離製作者……然後一點點就好了，想說如果能順便『反擊一下』就好了。所以本來只要攻擊管理我們的人還有伺服器……『本來』……『是這麼打算的』……」

冬亞輕聲說著，同時身體縮得更小了。

稍稍抬起的臉上，浮現後悔與懺悔，以及巨大的——絕望的色彩。

「『都是冬亞害的』……因為冬亞，事情才會走偏……冬亞跟你說喔，冬亞的能力是『精神汙染』。如果未冬姊姊的『電子病毒』可以讓資料發狂，那冬亞就是『讓心靈發狂』……冬亞可以強硬地改寫……意識……你看，是不是會被拿來為非作歹？」

——精神汙染能力啊。

原來如此，這確實是凶惡的特殊能力。未冬的「電子病毒」已經很凶猛了，如果是直接作用在人類身上，這種威脅的性質就截然不同。就像她剛才說的，只要想，要怎麼拿來為非作歹都行。

「可是……這又怎樣？妳的能力是很危險，但前提是『被拿來為非作歹』吧？如果可以逃離

製作者，那根本沒關——」

「不對……不是這樣。因為冬亞『沒辦法控制自己的能力』。冬亞被別人『使用』的時候，都是戴著項圈進行調整……可是冬亞不知道項圈的機制和構造，『光靠冬亞一個人，根本沒辦法做到收放自如』……所以冬亞對你說過很多次，叫你不要靠近冬亞了對吧？可是你居然……對冬亞公主抱……嗚……嗚嗚……那真的很難為情。」

「呃……這……我很抱歉……不對啦！」

見冬亞以些許怪罪的眼神看著我，我也強勢地靠近她，並硬是拉回話題。

「妳說妳沒辦法控制——『難道是』？」

「……嗯。就是……那樣。冬亞不知道是在復仇前，還是在途中……總之冬亞的『精神汙染能力』也『影響到一直陪在冬亞身邊的未冬姊姊』了。是冬亞……是冬亞讓姊姊發狂的。」

「發狂……」

「對。未冬姊姊的眼神不知不覺變得黯淡無光，說話的口氣也開始粗魯……後來變得比之前更執著在復仇之中。因此讓原本計畫好的攻擊變得更極端，災情也變得更大……可是失敗就是失敗。未冬姊姊在行動之後，變得更憎恨斯費爾了。」

「所以才決定執行『第二復仇計畫』——也就是這次的侵略行動是嗎？」

「嗯……所以……這一切……都是冬亞害的。」

說完，冬亞輕輕低下頭……我想她一定一直對「這件事」感到很愧疚吧。現在知道內情，我總算明白當我們彼此對峙時，冬亞總是在未冬身後沉默不語的理由了。

畢竟「『她們兩人』其實一點也不希望復仇」——然而未冬卻因為精神汙染能力的影響而「黑化」，滿心只想著復仇。而冬亞也有自己的想法，她自責自己讓未冬（姊姊）發狂，只能默默遵從。

……原來是這樣，我總算懂了。

「那我問妳。既然妳這麼想跟我說話，說白了就是『自己純粹是無法控制能力，其實對復仇完全沒有興趣，也毫無瓜葛』——」

「唔！才……不是……」

「——『妳不是想跟我說這個，而是走投無路的「ＳＯＳ」，我可以這麼理解吧？』」

「唔！」

我以未冬的姿態輕輕揚起嘴角說道，冬亞隨即瞪大了雙眼。接著，我代替一時之間說不出話的她，緩緩往下說：

「我就覺得很多事情都很奇怪。變動ＲＯＣ和ＳＳＲ的難易度明明都改得那麼離譜，卻到處都參雜著對我有利的情況。具體來說，就是司書、姬百合還有十六夜了……簡單來說，『他們都是妳瞞著未冬安插的「幫手」吧？要是我沒抵達ＥＵＣ，妳就沒辦法說出苦衷，所以才會幫我，避免讓我在途中退場』。」

「……你……你都發現了……？」

「沒有，我當時只覺得有股微妙的異樣感。不過多虧有姬百合提醒，我才稍稍感覺到GRA有『兩種不同的意志』交錯。

而且——我在GRA一開始和SSR的結尾都有聽到細微的『雜音』……我後來想想，這兩個場面都是『我的思考差點受到未冬誘導的時候』，才會出現的妨礙。不過我不知道這是不是妳有意為之就是了。」

考慮到冬亞無法控制能力，下意識的可能性比較高。但無論如何，那道雜音確實都是為了「不讓我走上錯誤的道路才會產生」。

「…………」

冬亞聽完我的推測，沉默了好一陣子——最後，她點了點頭。

「嗯……沒錯，就像你說的那樣。關於雜音，應該是冬亞的意識碰巧用了那種形式進行干涉……不過『你說的SOS，是對的』。就算冬亞無力回天，但如果是過去攻略了那麼多遊戲的『異端者』……『如果是你，搞不好就有辦法拯救未冬姊姊』……冬亞『一直是這麼想的』。」

「……唔……」

聽見這道真摯、無瑕、彷彿祈禱的語調，我不禁握緊了右拳。

這樣啊……原來是這麼一回事。

末冬因為冬亞的能力失常，執著於對斯費爾復仇。冬亞則對此感到愧疚，不發一語地服從，但內心「一直想拯救姊姊」。可是她一個人束手無策，也無從下手，所以只能求助我。她希望我幫助她，所以才會誘導我至此。

我會覺得GRA不對勁很正常。畢竟受到精神汙染的末冬純粹只想擊潰我，相對的，冬亞卻「為了讓我拯救末冬」，在背地裡支援我，好讓我順利抵達EUC。

「……所以，拜託你……」

冬亞這個當事人，仰望沉默不語的我，以顫抖的聲音說：

「拜託你救救冬亞的姊姊……冬亞知道這樣是強人所難。可是，可是……冬亞什麼都願意做……」

「居然說什麼都願意……妳喔……」

「冬亞真的什麼都願意做。比方說……這……這樣可以嗎？」

「——咦？」

就這樣……說時遲那時快，我一時之間反應不過來，冬亞就已經緩緩站到我的面前，一口氣掀起原本包覆著她身體的白襯衫。她的襯衫已經充當成連身裙，想當然耳，一旦這麼做，等於全部看光光。我的目光盯在滑嫩的大腿上，簡樸的內褲奪走我的視野，耀眼的小腹烙印在我的視網膜中。

「……嗯……」

冬亞雙手捧著襯衫的衣襬顫抖，就這麼靜止不動，同時害羞得咬緊嘴唇。她已經滿臉通紅。眼眸似乎也被害羞的熱度影響，滲出一絲淚光，配上她那稚嫩的外表，展現出某種悖德破壞力。

這樣的冬亞稍稍往上看了我一眼，同時微微開口：

「呃……這是色誘喔。冬亞希望你能了解……冬亞有多『認真』。」

「唔……不、不用，不用這樣！妳真的不用這樣！」

「嗯？……這……這樣啊。」

冬亞沮喪地呢喃道，隨後終於回過神來，急忙拉下衣服。而我則是一邊把視線從她身上挪開，一邊搔搔臉頰。為了讓跳個不停的心臟冷靜下來，還清了清喉嚨，然後再度運轉思緒。

——冬亞剛才告訴我關於她們兩個人復仇的「內情」。

因為她那份無法自行控制的特殊能力，使得未冬「黑化」。既然復仇行動依舊持續，代表剛才我跟秋櫻談論的「用強硬的手段破關的路線將毫無意義」。因為這麼一來，未冬的情緒無處發洩。總有一天會再發生第三次復仇。

話雖如此……按照常理思考，光靠言語也不可能說服未冬。畢竟她現在並不單單是盲目的固執，而是受到能力的影響。不管我們說什麼，她都不可能聽進去。這麼一來，我也沒辦法破關，ＥＵＣ將會崩毀。

……不過我現在已經知道冬亞的立場是想阻止未冬（站在我們這邊）。

所以現在只要有一張能「對付未冬的手牌」就好了——

「…………嗯？」

這時候，我無意識將右手放入外套的口袋中，發現口袋裡放著「某樣東西」，因此中斷思考。我歪著頭把東西拿出來，這才知道那是一張薄薄的卡片型「紀錄裝置」。既然放在這件衣服裡，就代表是未冬持有的東西。而且似乎已經有資料儲存在裡頭了。

這完完全全是侵犯別人的隱私權，可是搞不好裡面有什麼線索可用……我抱著一絲罪惡感，決定看看裡頭的資料。

「————呃！」

在我全部看完之前，就忍不住抬起頭來。

這裡面記錄著文章。是獨白。以及箇中涵義……「如果這些都是真的，那就合情合理了」。我無法保證絕對會成功，即使如此，還是有孤注一擲的價值。

而且事實上，考慮到未冬和冬亞的「內情」，我「被賦予的破關條件」，並不單單只是攻略GRA」。我必須將她們的寶玉變成藍色，同時還要不留下任何禍根，完全結束「復仇計畫（遊戲）」才行。

為此，我需要三個東西……秋櫻的能力、冬亞的信任，以及對付得了未冬的王牌。我「已經

全湊齊」了。事前準備已經結束。

——所以……

「冬亞，我問妳。」

「呃……什、什麼事？」

「如果我『成功說服未冬』——不是用強硬的手段，而是如果能成功改變她的想法，『妳願意把妳的寶玉改成藍色』嗎？……呃，不對，我想到時大概會是借用妳的身體的狀態……我會自己改顏色，妳反對嗎？」

「……咦？你、你的意思是……」

「對，沒錯。就是妳想的那樣。我還不太能跟妳打包票……不過『說不定所有的事情都能解決』。」

「唔！……那、那個……呃……這個……」

冬亞聽了我的話後，激動地起身，接著站在原地，有些害羞地低著頭。即使如此，最後還是下定了決心，認真地看著我，並戰戰兢兢地問道：

「——你真的願意嗎？」

「妳為什麼要反問我啊？我都說願意了啊。」

「可……可是……」

「沒有可是……冬亞，我跟妳說。妳好不容易鼓起勇氣求助我了，現在就大方一點吧。妳可能不知道，其實拜託別人很難耶。而且未冬（那傢伙）教過妳吧？『妳現在總算找到人可以依靠了』。既然這樣，妳可以再任性一點啊——再來就相信妳拜託的對象（傢伙）不是個窩囊廢，耐心等待結果就好了。不過妳放心……我是那種在正式上陣的時候，反而比較強的人。」

「啊……啊、啊……」

為了不安的冬亞，我刻意選擇了強勢的話語，順便抬起右手拍了拍她的頭。最後她終於忍不住，開始發出細小的嗚咽聲。同時，當我覺得她的眼睛似乎有點濕潤，她便迅速低頭。我不知道她是純粹想低著頭，還是想遮掩淚水——總之……

「拜託你……」

冬亞將那顆小小的頭壓在我的胸部上，這麼說道：

「……求你救救……『救救未冬姊姊』……！」

#

『距離時限還有——三十六分鐘。』

「——就在剛才，ＥＵＣ的整體侵蝕率已經超過97％了。」

為了從未冬轉移到冬亞身上，我暫時登出ＥＵＣ，回到原本所處的教室。還是一樣在電腦前作業的星乃宮突然這麼對我說。

「說得確切一點，是97．3％。侵蝕速度比我想像得還要快。我現在依舊全力應對著，但很可惜，以我個人的能力，『只能再撐十五分鐘左右』。換句話說，再這樣下去，『在ＧＲＡ的時限結束前，世界就會先崩毀了』……所以我有問題要問你。你有辦法在十五分鐘內結束遊戲嗎？」

「十五分鐘……」

我道出嚴肅的語調，並策動久違的自己的身體，將雙手交叉在胸前。

說實在話——十五分鐘是一段非常嚴峻的時間。假設我和未冬的對談幾乎毫無窒礙地進行，也很難想像一切會這麼快結束。

星乃宮大概察覺我曖昧的反應就是答案，在我先開口前，她首先輕輕嘆了口氣。

「……果然不行嗎？」

「可、可是……也由不得我說不行吧？我必須想辦法趕上。」

「不，沒有這個必要。我有辦法稍微『爭取到』一點緩衝時間。」

這時候，星乃宮看著電腦螢幕，不動聲色地叫了聲瑠璃學姊的名字。隨後坐在不遠座位上的瑠璃學姊（畢竟跑去ＳＳＲ出差了，看起來有點累）抬起那顆被帽兜覆蓋著的頭，當作回應。

「咦……叫我嗎？不……不不不，織姬大人，妳肯重用我，我是不會說不高興啦，可是就算我參一腳，妳的工作效率也不會因此變好喔……」

「不……如果是妳，應該可以。我不否認，如果是平時，確實稍嫌能力不足——但如果是短時間，而且『在電腦神姬的輔助之下，又會如何呢』？」

「！」

星乃宮一口氣說完這句話，感覺得出來她周遭的氣氛稍稍改變了。她筆直地看著春風，然後看向她手上那支手機裡的鈴夏，最後以堅定的語調說：

「我以斯費爾股份有限公司目前的決策人拜託妳們兩位……為了阻止ＥＵＣ世界崩毀，可以請妳們把力量借給我嗎？」

「…………」『…………』

「當然了，我自己知道這個行為有多麼不知羞恥。我不顧過去讓妳們受苦的事實，只顧著自己有難，就求妳們幫忙，根本是差勁透頂。但是我以此為前提，還是要拜託妳們。我能拜託的人只有妳們了。我——」

『——停。別再說了。妳沒有必要再繼續往下說了。』

就這樣……阻止星乃宮懇求的，是從手機擴音器傳出的鈴夏的聲音。鈴夏不滿地將手交叉在胸前，以那雙火紅的眼眸瞪著星乃宮。

「……這樣啊。」

看到鈴夏的反應，星乃宮的眼睛闔起了一瞬間，並微微低下頭……但熟知鈴夏個性的我，卻覺得這樣的反應不太對。因為她的嘴角已經浮現一抹「惡作劇般的邪惡笑容」。

『對啊，這很正常吧——「因為就算妳沒拜託我們，我們也早就打算要幫忙了」。所以妳低這種沒用的頭，我們也傷腦筋。對吧，春風？』

「嘿嘿嘿……是的。畢竟為了能多少派得上用場，我和鈴夏小姐一直到剛才，都一起在調查EUC的系統。如果能讓我們幫忙瑠璃小姐，我們一定不會扯後腿！」

「…………咦？」

星乃宮聽完鈴夏和春風的「宣言」，困惑地緊皺眉頭。接著以試探的口吻緩緩提問：

「這是……為什麼呢？妳們不是也很痛恨斯費爾(我)——」

『我就叫妳停了！妳可別會錯意喔！我可不是為了幫妳，才會出力。而且也不是為了守護斯費爾。』

當鈴夏說到這裡，突然往我這邊看。我不解地以歪頭回應後，她不知道為什麼，竟嘟嘴表示不滿。接著下一秒——她已經重新面對星乃宮，以有些害羞的語調斷言：

『我才不是為了那些……我只是「想幫垂水而已」。我是不相信斯費爾，可是我想保護垂水想保護的人事物，想救垂水想救的人——真的只是這樣。哼哼，所以幫妳只是順便啦，順便。之後妳可要好好感謝我！』

「……嗯——鈴夏小姐就是不坦率。剛才明明那麼擔心——」

『慢、慢著，春風，我都說這個不能說了！妳還想說些什麼啊！』

「嘿嘿嘿，這要怪妳太可愛了……而且我的想法也『一樣』。我覺得不管是未冬小姐、冬亞小姐，還是遊戲世界，如果全都能得救，那就太好了。要是問我恨不恨斯費爾，我也答不太出來……但是至少，『我絕對不可能討厭讓我遇見夕凪先生的地下世界』。所以……沒錯，我也想……好好守護ＥＵＣ。」

「……啊……」

面對春風和鈴夏兩個電腦神姬真摯的目光，星乃宮有好一陣子只是瞪大了雙眼。我想她以立場、以心境來說，一定感觸良多吧。不過——即使如此……

「…………非常謝謝妳們。」

她最後輕輕點了點頭，小聲說完這句話後，繼續回到作業之中。

星乃宮她們的交涉結束後，教室內立刻一陣手忙腳亂。春風跑到學姊身邊，開始擺放機器，鈴夏則是從手機轉移到電腦上。

順帶一提，唯一在這方面完全幫不上忙的雪菜，打從昨天開始，就專注在輔助所有人上。不是準備食物、飲料，就是打掃地板。根據本人所說，「小凪都在努力了，我也要讓他稍微見識到我能幹的地方。」但其實也有可能純粹是她本身愛照顧人的個性爆發罷了。

此外——說到我，則是趁著再度回到EUC前的這段時間，「有點小事」想跟瑠璃學姊商量，於是對她開口：

「學姊，假設春風她們來幫妳，大概可以爭取到多少時間？」

「嗯……這個嘛，不實際試試看，我也很難肯定，不過一定可以維持到GRA遊戲結束為止喔。所以你就當作搭上了一艘堅固的大船去挑戰吧。」

「原來如此……嗯……」

「……？你……你『嗯』這一聲是什麼意思？總覺得很令人不安耶。」

「咦？噢，沒有啦。其實我有一件事想拜託妳。」

「嗚，我就知道……唉，如果只是聽聽，那倒也無妨。」

學姊藏在帽兜下的神色感覺有些不情願，不過我還是恭敬不如從命，馬上開始說明我稍早一直在思考的「某件事」。學姊聽了，有好一陣子都是一臉複雜，語調也跟平常一樣呆板，並轉著嘴裡的糖果……最後她無奈地開口：

「受不了……沒想到你這麼會使喚人耶。我才剛從SSR回來，現在還有織姬大人的任務，已經焦頭爛額了，你居然敢追加這麼麻煩的事情給我。」

「……呃，果然很困難嗎？」

「如果你問困不困難，當然是很困難啊。當然很困難。嗯……不過『不是不可能』。我也會請她們兩個幫我……嗯……嗯……我想想，只要把維持ＥＵＣ的勞力削減到極致，應該勉強辦得到吧。」

「真的嗎！那……那就拜託妳們了！」

我聽到瑠璃學姊的回答，忍不住一陣激動……沒錯，這是一件大好消息。這麼一來，阻礙破關的因素就少一個了。

剩下的——沒錯，「就剩我達成自己的任務了」。

「呼……」

我靜靜地調整呼吸，舉步前往交換身體時用來軟禁我的房間。

這時候，星乃宮從旁認真地叫住我。

「……你還記得嗎？」

「咦？記得……什麼？」

「ＧＲＡ剛開始進行的時候，我在這裡稍微跟你提到的話。『秋櫻的能力原本是用來建構地下世界的』。所以ＥＵＣ的侵蝕率將近99％的現在，依她的能力性質——」

「噢，『這件事啊』……幹嘛啊？我『當然還記得』啊。只要事情跟秋櫻有關，妳真的會變得很愛操心耶。」

「唔……你才沒資格說我……但你或許沒說錯。」

星乃宮以相較剛才平穩幾分的口吻說完，微微抬起頭來。接著讓原本高速打著字的右手空出一瞬間，並稍微舉高。

——然後……

「接下來就交給你了。」

「好，彼此彼此。」

星乃宮用不大的力道「啪」的一聲與我擊掌……仔細想想，我們的關係還真奇妙。我們絕非夥伴，但至少現在並非敵人。這是有些莫名其妙的共同戰線，不過說不定這樣的距離感，對我們來說才恰到好處。

我一邊這麼想，一邊握緊右手，然後往走廊前進。就在我即將走出教室之前，為了目送我離開而跟上來的春風，以一如往常的笑容開口：

「嘿嘿嘿，這就是最後一次……了吧，夕凪先生。」

「是啊，最後了……呃，妳是怎麼啦，春風？看起來很從容嘛。」

「咦？啊……對，那當然！因為我相信你。『當你露出這副表情的時候，就是「最強」的

人』。你所向披靡，一定無人能敵！」

「……原來我的表情這麼自信滿滿啊。」

「啊，呃……其實也不是啦……嘿嘿嘿，好啦，有什麼關係嘛。」

春風有些羞怯地搖頭說著，那一頭耀眼的金髮就這麼輕盈地隨之擺動。

她的頭髮反射著日光燈，感覺就像在給予我祝福——

「拜託你了，夕凪先生。我……會祈禱大家用笑臉面對結局。」

「好，謝謝妳了，春風……『我去去就回』。」

我在害羞之際拋出的話語，讓春風在須臾之間驚訝地僵在原地不動，但最後似乎是明白我的用意了，她打從心底展開亮眼的笑顏。

「嘿嘿嘿。好的，夕凪先生——路上小心！」

……「大家用笑臉迎向結局」。

為了實現這個乍看之下不可能的願望，「我也該拿出全力做個了斷了」。

#

『距離時限還剩——二十一分鐘。』

我重新以冬亞的身體登入，然後跟秋櫻會合，來到未冬所在的屋頂。

「……哈，來了啊。」

未冬站在我們的正前方，笑得非常陰沉。但她的笑容一點也不單純。那是一種夾雜了各式各樣的感情，想盡辦法策動臉部肌肉的沉痛笑容。

即使如此，未冬還是冷酷地撇著嘴角繼續說：

「你好像在現實世界動了什麼手腳才回來嘛。看你們這副樣子，是設法延續EUC的生命嗎？但不管怎樣，反正馬上就會結束，本小姐是無所謂。」

「妳可能無所謂，對本大爺來說，卻是攸關生死啦。」

「噢，是喔。那可真是抱歉……話說回來，你可不可以別用冬亞的身體，講這麼粗魯的話啊？她應該是更……該怎麼說？應該是超可愛的感覺。」

「嗚……這、這我有什麼辦法。我先聲明，要是我努力模仿，反而會讓人無言以對。還是我真的可以那麼做？」

「……好啦，就這樣。要是你再繼續玷汙冬亞，本小姐會受不了。」

「明明是妳自己挑起的問題，這種說法有夠過分……」

「咦？玷汙？如果妳是說冬亞，那剛才已經被夕凪——唔咕！」

「妳也一樣，不要把問題複雜化！」

我伸出雙手，從後面摀住即將語出驚人的秋櫻的嘴巴……我不是解釋過我跟她在保健室獨處的事了嗎？要是現在被未冬聽見，不管怎麼想，一定都會被誤會。人家已經放話「不許做苟且之事」了，要是被聽見，鐵定會馬上演變成慘絕人寰的場面。

「……？本小姐是搞不太懂你們在幹嘛……不過你們感情很好嘛。」

所幸未冬並沒有聽見秋櫻說的話。我鬆了一口氣，結果捂住秋櫻嘴巴的動作卻變成像在擁抱一樣——順帶一提，因為身高差的關係，其實我挺直了身板——就這麼解放了女僕少女。

「哇哇……唔……姆！」

秋櫻的臉頰一陣潮紅，瞇起眼睛，瞪著我抗議，我卻是重振旗鼓，繼續話題。

「咳咳……那我們重新來過一次——你知道我們過來這裡的理由吧，未冬？」

「啊？不就是最後的掙扎嗎？或是要從景致最好的地方，參觀世界的崩毀嗎？」

「很可惜，兩邊都不是。『我們是來結束ＧＲＡ的』。」

「……結束？」

我讓白銀色的長髮隨風飄動，不懷好意地笑道，未冬聽了，卻皺緊眉頭。

「什麼意思？你講得好像你還沒放棄破關一樣。」

「對，沒錯。我還沒放棄。因為遊戲就是要拿來破的啊。」

「唔…………」

站在面前的末冬以尖銳的沉默回應我的話語，我總覺得她的雙眼似乎稍微瞇了一下。雖然依舊是沒有光暈的晦暗眼眸，聽了冬亞的話之後，我對那雙眼睛的印象也隨之改變。精神汙染能力。被復仇禁錮的少女。

——嘶……我輕輕吸了一口氣。

「妳的眼睛也是……妳現在眼裡真的只有復仇嗎？」

「唔！……唉，原來如此。冬亞告訴你了嗎？」

我點出重點後，末冬短暫地睜大眼睛，但馬上又恢復冷靜說道。接著以比剛才更凶猛的眼神瞪著我，口氣也顯得更加粗暴。

「沒錯。本小姐深深受到冬亞的『精神汙染能力』影響。剛開始，我們只是想稍微給製作者們一點顏色瞧瞧，可是現在那份感情已經漲大之後再漲大，變得連本小姐自己也無法壓抑。在毀了斯費爾之前，在完成復仇之前，本小姐都不想停下來……但『這又怎樣』？」

「…………」

「理由、動機是什麼，那根本不重要吧？不管怎麼樣，本小姐腦中都只裝得下復仇。而本小姐——我們確實擁有實行計畫的能力……哈，說起來還真諷刺。這份讓我們受到斯費爾慘無人道（垃圾般的）對待的廢物特殊能力，卻正好就是適合毀了那個斯費爾的能力……！」

「未、未冬，那是——」

「唔……秋櫻妳！……妳受到製作者眷顧，擁有上天眷顧的能力，就算耗上一輩子，也絕對不會了解我們。」

「……唔！」

被未冬這道充滿敵意的尖銳叫聲阻擋，秋櫻雙肩抖動，並低下頭，就這麼不再開口。未冬見狀，表情頓時扭曲，但最後她搖了搖頭甩開那份扭曲，再度以黯淡的眼神看著我。

「總之——就是這麼一回事。就像你說的，這次的『復仇戲碼』是本小姐的失控。你想這麼解釋隨你。所以不管你以前還是接下來，要用什麼大道理讓本小姐清醒，本小姐壓根不想聽。畢竟……本小姐已經從根本上壞掉了。」

穿著軍裝的未冬以宛如利刃的口吻拋出這席話。

「…………」

也是啦……這種反應也算跟想像中一模一樣。未冬「被復仇禁錮」。被精神汙染能力「黑化」，無論別人跟她說什麼，也毫無意義。她一句話都不會接受……我想她大概是想這麼說吧。

「不過」——

「既然這樣——『妳為什麼要一臉想哭的模樣』？」

「唔……！」

——站在我眼前的未冬的表情，「跟她嘴裡說出的強勢話語完全相反」。

她感覺很想大聲哀號，卻沒辦法；想大肆哭泣，卻沒辦法；想抓著人求助，卻找不到對象。她無法讓任何人看見怯弱的自己，所以只好自立自強。她不斷反覆這些行為，現在終於壓抑不住，負擔滿溢到表層……就像那種已經渾身是傷的表情。

我就近看著那副表情，以沉著的嗓音繼續說：

「妳少用那種悲傷的表情扮黑臉（Heel）……受不了。我問妳，其實妳都知道吧？這場復仇計畫落幕後，『沒有東西在等著妳』。妳做的事情毫無意義……妳其實很清楚這點小事吧？」

「唔……你在……說什麼？莫名其妙。我剛才也說了，大道理已經對本小姐行不通了。復仇之後什麼都沒有？這種行徑毫無意義？『那又怎樣啊』？本小姐不是說理由根本不重要嗎？『本小姐只是想復仇，所以復仇』。除此之外的事，本小姐壓根不放在眼裡——」

「所以我說妳這是『自欺欺人』。」

「——啊？」

未冬因為我說的話，停止了一切動作。

「你說本小姐自欺欺人……什麼意思？」

「字面上的意思啊。妳說妳完全失去理性，根本是天大的謊言——說得更明白一點，是『演技』。受到精神汙染能力影響應該是真的，但並沒有嚴重到整個思考都被支配。不然根本不會發現自己受到汙染……妳很冷靜看待現狀。所以才『假裝自己黑化了』。」

「什——————！」

我的指摘對末冬而言，似乎始料未及，她晃動著那雙黯淡的眼眸，雙肩也微微顫抖了半晌。

數十秒後，她才總算開口說出帶有自我意志的言語。

「別……開玩笑了！本小姐怎麼可能會做那種事！再說本小姐這麼做，有什麼意義啊！」

「我剛才不是說了嗎——『扮黑臉』啊……妳想要把罪責攬在自己身上。為此，剛好可以『假裝自己被精神汙染能力「侵蝕」』。」

「攬罪責……本、本小姐說了，做這種事——」

「——是『為了冬亞』對吧？」

「唔……！」

「妳之所以想扮黑臉，從頭到尾、一切的一切——都是為了冬亞。」

沒錯……到頭來，就是這麼一回事。

我猜，她們原本的出發點不過是想「給那些人一點顏色瞧瞧」，這是無庸置疑的事實。但過程中，末冬受到冬亞的精神汙染能力影響，讓當初的計畫染上惡意更深的「復仇」。

所以對斯費爾的「攻擊」才不得不變得那麼猛烈——末冬不必說，就連冬亞也背負著讓姊姊發狂的愧疚，因而「無法停止腳步」。

這就是過去那件「災厄之冬」，並連接到這次復仇的直接原由。

「可是妳——我不知道是因為妳是電腦神姬還是別的原因——大概『沒有完全失控』。妳遭到對斯費爾的恨意支配，但依舊保有人性。然後……妳就是想用這個『人性的部分』拯救冬亞吧？」

——沒錯。

即使做法扭曲，只要復仇成功就行了。或許她們只會有一瞬間的自由，卻能實質從斯費爾解脫。但如果行動失敗——如果被星乃宮織姬阻撓，那麼策劃第二次復仇計畫的她們，會受到什麼樣的對待，根本連想都不用想。在前方等著她們的，想必會是比以前未冬說過的監牢生活還要殘忍的環境。

因此她才會選擇「這種方法」。

「『假裝』自己被精神汙染能力弄到失去自我。妳不只欺騙斯費爾，『連冬亞也完全被蒙在鼓裡』。妳的目的就是『讓每個人都覺得妳才是復仇計畫的主謀』。這麼一來，就算這次行動以失敗告終，人們的印象卻會是『電腦神姬三號機的失控事件』。冬亞只是『可憐』被拖下水，只要能力控制住，本人沒有任何問題……斯費爾很可能會得出這個結論。」

「這……種事……你怎麼能肯定？」

「因為妳都正面宣戰了啊，如果復仇失敗，要管理妳們的人可是星乃宮耶。那女人……妳也知道嘛，如果秋櫻不牽涉其中，她還算是個會合理思考的人。至少不是個會加諸額外制裁的邪魔外道。」

「唔！夕、夕凪夕凪！你剛才說的話，是不是有點怪？姊姊大人才不是那種邪魔外道喔！她可是神聖到在街頭巷尾受人稱頌，是個超級存在！在街頭巷尾！」

「……好啦，女神或天使都好啦。」

會用那種眼光看那個鐵面女人（星乃宮）的街頭巷尾，也就秋櫻而已了。但先不討論這個。

說白了——這兩個人……這對姊妹從頭到尾都只為對方著想。就像冬亞為了拯救被精神汙染能力侵蝕的未冬，而來跟我接觸一樣，未冬也一樣，為了保護冬亞不被殘暴的環境傷害，硬是執行這場「復仇」。

「……不對，才不是。」

然而未冬的視線挾帶著明確的怒氣，簡短地否定我的話語。

「本小姐真的眼裡只有復仇。你剛才說的，全是你的妄想。」

「哦，是嗎？那放在妳衣服裡的『資料』又是什麼意思？」

「唔！你……你看了嗎……！」

「是啊……應該說沒有那個，我再怎麼厲害，也料不到這麼多。」

我跟未冬交換身體時發現的薄型終端裝置，那是個記憶媒體。

上頭記錄的是……「自白文」。是闡明這次事件都是由她策劃的訊息。而且裡面幾乎沒提到冬亞，從頭到尾貫徹一切都是她一個人實行的文句。

「既然妳會把那玩意兒放在口袋裡，說白了，就是要在輸的時候——也就是『復仇失敗的時候，自然地被人發現』吧？妳早已做好準備，讓冬亞能順利當個『被害者』……我有說錯嗎？」

「唔……」

未冬垂頭喪氣似的微微低著頭，緊咬自己的嘴唇。她盯著我的腳邊一陣子後……最後終於筆直揚起視線。

「如果是——『如果是，那又怎樣』？」

「…………」

「你說的確實都沒錯。基本上對本小姐來說，只要冬亞能得救，其餘都無關緊要……可是這又怎樣？這有什麼不對嗎？」

「…………不，沒有不對。」

「哈，也是啦。你在意的根本不是對錯，而是『為什麼』是吧……好啦，太麻煩了，所以本小姐全說給你聽。

我們——本小姐和冬亞都帶著『被詛咒的能力』出生。這點跟秋櫻或其他電腦神姬一點也不像，完全就是只能拿來為非作歹的破能力。所以我們一路走來都不被善待。

舉例來說，本小姐想想……像本小姐，就一直被丟在斷了網路、像監牢一樣的伺服器裡，只有需要能力的時候，那群人才會幫本小姐接上線。他們絕大多數是要本小姐把能力用在隱藏了斯費爾名義的線上遊戲，看本小姐的能力能感染到什麼程度之類的……多的是這種機能實驗。而且如果結果沒達到目標數值，給本小姐的待遇就會越來越差。如果不喜歡伺服器的品質被弄得更差，就廢話少說，狂丟病毒——他們每天都會這麼對本小姐說。

可是——就算這樣，『跟本小姐比起來，冬亞的待遇更糟』。就因為她無法控制能力，被他們戴上一個很大的項圈，總是……總是被綁著，連個像樣的衣服都不給她穿……那幫傢伙，總會看著螢幕中的冬亞笑。可是冬亞不懂感情這種東西，所以也不知道自己的遭遇有多糟。只會微微歪著頭……哈，那個時候本小姐是真的對那幫傢伙起了殺意。所以本小姐決定了，唯有冬亞（這傢伙），本小姐說什麼……說什麼都要讓她幸福。

就這樣，我們開始在『監牢（伺服器）』裡見面，兩個人聊了很多。

我們境遇很像也是原因之一……總之對本小姐來說，冬亞非常可愛，可愛得不得了。她也很黏本小姐，不過基本上只是因為本小姐愛照顧人。讓她穿本小姐穿過的衣服——說是衣服，其實只是資料啦——本小姐還教會什麼都不懂的冬亞何謂感情。本小姐教她說話。連名字也一起幫她想……那時候大概是最幸福的時光。

我們兩個的感情就這樣變好——沒用多少時間，就提及了要給斯費爾『一點顏色瞧瞧』。」

「……就是從那時候開始嗎？」

「是啊。因為當時冬亞也開始察覺自己的待遇不正常，確實有了想逃走的想法。本小姐當然也一樣，所以很快就談好要怎麼行動了。畢竟我們的能力都被人用來『為非作歹』過，計畫順利得讓人難以置信……可是，『本小姐卻在途中被冬亞的能力感染了』。」

本小姐自認姑且有小心行事了呢──未冬自嘲般地笑了。

「那該怎麼形容呢──感覺就像眼前的景色翻轉了一百八十度。雖然不是整個意識被奪走，卻依舊是慢慢遭到侵蝕，逐漸被『感染』的感覺。所以你說本小姐被禁錮，實際上這個形容沒有錯。因為這樣，本小姐的眼神變得很凶，說話方式更是一點也不優雅。

哈……『跟本小姐的能力實在很像』。

你看嘛，就像這個終端裝置……本小姐也能輕鬆毀了各種東西。只要碰一下，就能把東西搞爛。實在是個破能力。被詛咒的能力……只要有這種能力，我們橫豎都不可能正常活下去。也『沒辦法跟別人相處』。

所以就是這樣。本小姐想摧毀斯費爾真正的理由，其實就是『這個』。

本小姐和冬亞因為有這個能力，無法跟任何人相處……既然這樣，『我們有彼此就夠了。其他人事物全都不需要』……你剛才說『復仇之後，什麼都沒有』，但才沒那回事。因為毀掉斯費爾的那一刻，本小姐的目的等於完成了。本小姐可以達成『既然不能跟別人共存，那至少能安靜地過活』的心願。

喂……本小姐總能奢望這點小事吧？我們已經這麼痛苦了，有這點小小的回報不為過吧？

然後如果……如果本小姐連這點小小的心願都無法成真，至少……

『至少也要讓冬亞一個人幸福，本小姐這麼想哪裡錯了』……！」

末冬激動地吼著，同時向我跨出一大步，兩手揪住我的衣領。表情明明扭曲到快哭出來了，瞪著我的視線卻非常筆直，儘管那雙眼眸黯淡無光，卻有著強烈的意志。那是能讓人斷定絕非演技的本色。是她最真實的心聲。

「…………」

就算受到冬亞的能力影響，她果然還是保有本性——也正因為如此，她更清楚就算對斯費爾復仇，也不會有所改變。沒錯，到這裡都跟我想的一樣。

不過若說我有一點誤判……那就是「這場『攻擊』對末冬來說，根本不是什麼『復仇』」。

她們的「著眼點」其實大相逕庭。她們擁有被詛咒的能力，為了正當地活著，「只能把想利用她們的存在全數消除」——所以換句話說，對她來說，這是賭上「自由」的「全面戰爭」。

若是這樣……末冬就更沒有收手的道理了。直到計畫完成……不對，至少在「抵達冬亞確實獲救的未來」之前，她說什麼都不會停止。

「……哈，如果你一句話都答不出來，代表我們的復仇完成了吧。」

未冬大概是受夠我不發一語，靜靜地撇著嘴角，輕輕放開抓著我的手。那是一抹塞滿了憂愁的虛幻笑容。以及再平淡不過的勝利宣言。

「GRA剩下的時間只有五分多鐘。侵蝕率已經超過99．4％。你從那邊的圍欄往下看，應該就會知道了，世界已經毀壞到只剩這個屋頂了。如果還能從這種狀況逆轉勝，那你一定是勇者或什麼了不起的人物。」

「……99．4％啊。未冬，我問妳，這個數字正確嗎？」

「啊……？對啊，完全正確。本小姐是有省略後面的小數點啦……怎樣？」

「怎樣啊……嗯──這個嘛……我只是覺得『總算』到這個地步了。」

「『總算』……？」

「呃……什麼？夕凪，你這話是什麼意思？你、你該不會是要還在這裡背叛我們吧！」

未冬聽了我的話，提高戒心，秋櫻則是慌張地揮動雙手，發出宛如尖叫的聲音……我說的話可能真的有點模稜兩可。為了讓秋櫻放心，我對她笑了笑，再度把注意力放在面前的未冬身上。

「──未冬，我問妳。妳還保有理性對吧？雖然想搞垮斯費爾，卻只是為了『讓妳們幸福地過活』，復仇本身並不是目的對吧？」

「呃……對啊……是這樣沒錯。」

「那也就是說──如果我說，我有『能拯救妳、冬亞、我、斯費爾等所有人的方法，妳會欣然答應嗎』？」

「——唔！」

聽完我這句話，眼前的未冬顯露出前所未有的反應。她甚至沒有附和，只是啞口無言，沒什麼血色的唇瓣也輕輕地顫抖著。隨後，她的態度一百八十度大轉變，用力甩下包覆在軍裝之下的右手，瞇起黯淡的雙眼說道：

「唔……你不要信口開河。本小姐沒多餘的時間陪你胡鬧。」

「信口開河？不，我是認真的喔。不然的話，我才不會繼續待在距離完全崩壞只差０・６％的世界咧。」

「這……是這樣沒錯……」

「對啊。所以就像我剛才說的，我是來終結這個遊戲的……『可不是單純來破關』的喔。畢竟我一開始之所以會提議玩遊戲，是為了讓妳停止對斯費爾『復仇』。因此『除非妳復仇的理由消失，否則不管我怎麼做，這個目標都沒辦法達成』。」

「……消除復仇的理由……？慢著，你該不會是想用秋櫻（那傢伙）的能力，抵銷讓本小姐發狂的精神汙染能力吧？」

「咦？我……我嗎？」

「對啊，就是妳……沒錯，如果用這種方法，本小姐的確有可能得救。畢竟一樣是Enigma代碼的效用，而且她還是星乃宮織姬謹製的『一號機』。

可是啊——這就是拯救所有人的辦法？你少瞧不起人了！」

「呀嗚！」

未冬突然發出大吼，嚇得秋櫻發出尖叫。但未冬沒有理她，繼續說：

「如果本小姐因此收手不再復仇，乍看之下的確是圓滿的結局。你跟斯費爾可能這樣就滿意了……『可是冬亞呢』？冬亞會變成什麼樣子？『如果只有本小姐一個人得救，就再也沒有人可以陪著她了啊』……！哈，明明沒辦法解決最重要的一件事，真虧你有辦法誇下海口要救所有人。」

「……是啊，妳說得對。我也是這麼想的。」

「是啊……那可以結束了嗎？被你這樣死命妨礙，本小姐跟冬亞都累了。我們都想快點結束這種鳥事，不被任何人干涉地——」

「等一下，未冬。我還沒說完耶。」

我蓋過未冬笑得落寞的這番話，一臉得意地看著她……沒錯，我才講到一半的一半，甚至還沒進入主題。怎麼能現在結束。

「只要解除妳的精神汙染狀態就行了——我的確也是這麼想，『一開始』是。我最先想到這個辦法，不過馬上就跟妳卡在同一個地方，然後重新思考了。因為這麼做『沒有意義』。這根本不是正確答案。我一直在想……是不是有一個辦法，能攻略GRA，又能不讓任何人抽到『下下籤』。」

「……這種辦法……」

那一瞬間，還想開口繼續說話的未冬，眼裡緩緩湧現——大大的淚珠。

「怎麼可能會有……『絕對不可能有那種辦法』啊！

因為……本小姐也一直在思考！本小姐在這場毫無意義、無用、無價值的復仇行動之中，一直一直在思考！想知道有沒有更好的辦法！能讓本小姐和冬亞幸福的辦法，是不是真的只有這個了！但世上就是沒有這麼剛好的辦法啊——『因為我們被詛咒了』！無論是本小姐！還是冬亞！不管過了多久，我們就是沒辦法跟別人在一起，沒辦法跟別人一起歡笑！所以這些事，本小姐老早就放棄了！」

「……妳這……是打從心底這麼想嗎？」

「唔……對啦，沒錯……不只本小姐，我想冬亞一定也——」

「不對，絕對不是這樣。因為——她在『妳看不到的地方，向我「求助」』了喔？而且還不是為了自己，是『為了妳』……妳知道這是什麼意思嗎？她在妳擅自放棄的時候，還是想方設法要救妳啊！」

「————」

「所以，我答應她了，也為此做好準備了。我有『完美終結GRA的策略』——可是這個方法，必須『有妳點頭，才能實行』。

在這個前提之下……我再問妳一次。

妳真的放棄了嗎？妳真的甚至無法想像妳和冬亞能夠跟其他人一起歡笑的未來嗎？

至少我就不一樣……畢竟春風已經拜託我了。在我抵達所有人都笑容以對的歡樂結局之前，我的選項中永遠不會出現放棄兩個字。

未冬——那妳又如何呢？

這種時候依靠別人又有什麼關係？就算不再強悍，又有什麼關係？妳不要總是隱忍，坦率地讓我聽聽妳的真心話啊……！」

「唔…………」

未冬從頭將我的話聽到最後，呆愣在原地好一陣子，只是睜著大眼。身在逐漸崩毀的世界正中央，她最後無力地癱坐在地上。隨後一道細微的嗚咽聲溢出，過往武裝在外表的強勢剝落，她的淚水一滴滴順著臉頰往下流。

……然後，過了半晌。

未冬的雙眼已經哭紅，但她還是剛毅地站起……粗魯地用軍裝的衣袖擦乾眼淚，並以下定決心的語調，清楚地開口：

「知道了……既然這樣，本小姐——『我』也決定試著相信你。」

#

『距離時限還有——分鐘。』

「……好。那就準備結束遊戲吧。」

我們位在不斷「喀啦」作響，已經來到崩壞極限的ＥＵＣ世界中心。

我們所處的校舍屋頂也已經開始失去完整的樣貌。還算完整的也只有附近幾平方公尺的狹窄空間。這片空間以外的地方，景色是一片混濁的白色，就像蒙上一層霧靄，非常模糊。

我在這樣一個地方，為了讓不知何時巴著我胸口不放的未冬回過神，對她那麼說道。

「嗚……抱……抱歉啦。」

她也乖乖放開我，有些害臊地別過臉。

「讓你看到本小姐丟臉的一面了……唉，真是的，本小姐已經好久沒哭成這樣了。」

未冬以模糊焦點般的口吻說著，儘管她的表情因為淚水頗為狼狽，但跟剛才相比，卻一臉如釋重負。精神汙染的影響應該是沒有消失，但光是緊繃的情緒獲得舒緩，就能讓人變得相當輕鬆。

穿著女僕裝的秋櫻站在她的身旁，極為開心地替她梳整頭髮。

「未冬妳笑起來果然非常可愛！真不愧是我的妹妹！」

「可……可愛嗎……謝謝妳噢……可是本小姐剛才對妳說了很過分的話——」

「嗯？啊……沒關係沒關係！妳會那麼說，也沒辦法啊，這點小事我都知道。而且姊姊大人又是個美麗的完美女神，再加上——對！姊姊我可遠比妳想的，還要有肚量喔！」

「啊…………嗯。」

聽到秋櫻百分之百用純真構成的話，未冬完全愣在原地，茫然地張著嘴。最後她輕輕點了點頭，臉頰微紅地別開視線……由於我這一路只看到她渾身是刺的態度，忍不住覺得這樣的反應很可愛，這實在太狡猾了。如果硬要比喻，感覺就像「叛逆期結束的妹妹」，我可以了解個性像個大姊姊的秋櫻，會想照顧她的心情。

「……呃……」

另一方面——我則是欣慰地看著她們的互動，同時打開終端裝置確認現在時間。

……「是時候了」。考慮到經過的時間，我猜現在應該是時候了——

「呃……嗯，奇怪？」

這時候，被秋櫻死死抱緊卻感覺不怎麼排斥的未冬，突然小聲呢喃。她那雙疑惑的目光看著的東西是她自己的「終端裝置」。而且恐怕不是看著整個終端裝置，而是附在上頭的「寶玉」。畢竟——因為病毒的影響，寶玉照理來說已經失色了，但卻在「不知不覺間恢復了耀眼的光輝」。

「……終端裝置修好了……？」

未冬暫時先離開秋櫻，看著自己的左手，只覺不可思議地喃喃低語。

「那個……這是妳修好的嗎，秋櫻？」

「什麼！我、我什麼都沒做喔！……應、應該吧！」

「什麼應該……不過應該真的不是妳。只是寶玉恢復光芒，終端裝置還是壞的……果然還是不能操作。如果是地下世界干涉能力，應該會修復得更完美才對。」

未冬分析到這裡，對著我投以疑惑的視線，彷彿問著：「這是怎麼一回事？」我一邊輕輕點頭，一邊回答：

「噢，修好那個的人不是秋櫻而是『瑠璃學姊』。我來這裡之前，事先拜託她幫點小忙。」

「咦……？可、可是夕凪，未冬的寶玉是『白色』的耶。我記得這是中立的顏色……對吧？不是必須弄成藍色嗎？」

秋櫻問著，同時不解地歪頭。

她指出的疑點很正確。就算寶玉恢復光輝，既然現狀無法操作終端裝置，就不能進行「變更陣營」。不過我已經對要走的迂迴路線有眉目了。

「『只要用ＥＵＣ的「追加規則」就好啦』——還記得嗎？變動ＥＵＣ（這次的遊戲）沒有回合的概念，所以幾乎沒提到這條規則，可是原本的ＥＵＣ設計成『玩家可以追加遊戲規則』。我要用這個機制，『恢復有關寶玉的系統』。」

「恢復……啊，意思是，可以用『捕獲』改變寶玉的顏色？」

「就是這麼一回事。」

我靜靜地點頭。簡單來說，若是寶玉本身不會發光的狀況，那就束手無策，可是如果有了這個最基本的條件，那辦法要多少有多少。

看來現在是我們這邊的回合——反正就算是未冬先，請她追加同樣的規則就好了——我立刻設定剛才所說的追加規則，讓秋櫻「捕獲」未冬。

她完全沒有抵抗，直接接受……隨後，寶玉的顏色就變成藍色了。

「……呼。這麼一來，只要冬亞（你）『變更陣營』，變動ＥＵＣ——還有ＧＲＡ就完全是我們輸了。」

儘管未冬這句話說得有些雲淡風輕，我覺得她還是感觸良多，以心痛的表情環伺周遭。她的視野中，映照著現在這個瞬間也持續變窄的ＥＵＣ世界。崩毀已經近在眼前。

同時——見我「即使如此，依舊不採取行動」，她疑惑地歪著頭。

「喂，你在幹嘛啊？要是你不把寶玉變成藍色，這個遊戲永遠不會結束耶。遊戲導覽也有提到，本小姐的病毒會在你攻略GRA的同時自動解除。不管你想幹什麼，先把遊戲破關再說比較好吧……？」

未冬試探似的聲音，參雜著若干的急躁……我也不是不懂她的想法。畢竟身處馬上就會消滅的世界，當然會很不安。

──「可是」……

「不，不行。要是現在破關，『我想的方法就沒有用了』。」

「……啊？你說不能破關……等、等一下啊，你這是什麼意──」

「好啦，先冷靜一點。妳不用急，我會一一解釋給妳聽。」

我得意地笑著回應驚訝地抬起頭看著我的未冬，以有些裝模作樣的口吻繼續說：

「首先第一，這點妳們也知道，我們自從進入變動EUC之後，都『還沒用過秋櫻的能力』。所以我們還有一次的權利，可以改變地下世界。」

「是……是啊……這我當然知道。可是就算不用那種東西，也可以破關吧……？」

「如果我們只求破關，那的確沒錯。但『這麼一來就沒意義』了吧？所以了──這是第二點。

變動ROC和變動SSR都是調整了『遊戲內的設定』，但秋櫻的特殊能力能做到的卻不只這些。就像我們剛才說過的『抵銷末冬身上的精神汙染能力』，只要是在地下世界發生的事，無論什麼事都能干涉……是這樣沒錯吧，秋櫻？」

「呃……嗯。因為我的工作就是跟姊姊大人一起製作或修復地下世界……但我也不是什麼事都能獨自辦到喔。平常我都是靠姊姊大人的指示使用能力，『而且狀況時好時壞』——」

「——就是『這個』。」

「呀咿！」

我插入肯定句，直接攔腰打斷她的話，害秋櫻突然發出驚呼。她立刻以不滿的視線看著我，我卻沒有理會，繼續開口：

「妳跟春風、鈴夏不一樣，妳的能力有個『特徵』。」

「……特徵？」

「對。在GRA開始之前——秋櫻獨自一個人阻止世界崩壞的時候，我才發現這件事……『如果周圍的狀況越糟，地下世界干涉能力就會越強』。因為秋櫻負責『創造』、『維持』各種地下世界，當世界陷入的危機越大，她就能使出越大的力量。既然這樣——」

我說到這裡，停了一會兒……然後對著眼前兩個屏息的人斷言：

「——如今EUC的侵蝕率超過99％，『正是秋櫻能發揮最大限度的狀況』。比如說……

對，『能夠完全消除未冬和冬亞的特殊能力』。」

「————」「唔！夕凪，你的意思是……是！」

「對……所以我才說『總算』。如果不是地下世界干涉能力發揮到最大限度的時候，我現在說的這個方案可能發揮不了作用。情況正常的時候絕對行不通，侵蝕率超過90％也一定不夠。『當世界變成一片空白——如果崩毀進度不到秋櫻「創造」世界的程度，難保不會大失敗』。畢竟是要消滅一樣從Enigma代碼衍生的能力嘛。一定會耗費龐大的能量吧？」

「消滅……能力？喂，本小姐問你……這代表……代表我們……」

「就跟妳現在想像的一樣喔，未冬……我剛才說的方案，不是像『抵銷侵蝕未冬的精神汙染影響』這種半吊子的方法。而是從根本上，把妳跟冬亞身上的能力除得一乾二淨。

這麼一來會怎樣——妳也知道吧？

『妳們遊戲玩輸我，擬定的復仇計畫也在未遂的情況下結束。因為完全沒對斯費爾造成損害，懲處應該會被壓在最小限度。順帶一提，成為妳們復仇動機的「被詛咒的能力」將會消失，所以妳們跟斯費爾的對立結構也會完全瓦解』……怎樣啊，未冬？沒有比這個更『完美』的結局了吧？」

「啊…………嗚……啊……」

未冬的眼淚好不容易才開始消退，這下又開始湧現出亂成一團的感情。接著她踩著不穩的腳步搖搖晃晃地朝我走來，無力地倒在我身上，整顆頭壓在胸口。

「……真的嗎……？這種事真的……辦得到嗎？」

「是啊，辦得到。絕對可以。而且也不是我的力量喔。這是秋櫻、星乃宮……還有『妳跟冬亞的功勞』。」

「咦？本小姐和……冬亞？」

「對啊……聽好了，妳剛才說這是毫無意義的復仇……說做這種事根本沒有未來，其實有那麼一點『不正確』。

因為照理來說，『這種狀況絕對不可能發生』。比方說，如果我跟妳在別的地下世界相遇，那麼不管我怎麼做，都沒辦法解除妳的痛苦。我的這個手段是『多虧』有妳們的『復仇』……多虧有妳們把ＥＵＣ弄得這麼殘破，才能夠實行。

所以——簡單來說，『妳們的復仇絕對不是毫無意義』。」

「啊……嗯……嗯！」

未冬聽完我說的話後，雙眼流出透明的水滴，感觸良多似的直點頭。看她這樣，我和秋櫻悄悄四目相交，嘴角輕輕勾起微笑……接著……

——ＥＵＣ侵蝕率99・99％。

——距離ＧＲＡ結束，還有一分二十七秒。

「呼……」

我看著已經幾乎快完全崩毀的ＥＵＣ遊戲場域，深深吸了一口氣。我的身旁站著秋櫻，她為了避免不小心跌倒，認真地盯著自己的腳邊。至於未冬也沒閒著，她站在我們身邊，雙手手指交纏，就像在祈禱一樣。

……在這個沒有聲音、沒有光線，光是三個人並排在一起就很勉強的狹窄世界。

但連這僅有的部分也開始受到侵蝕，當全世界即將消失殆盡——的那一剎那。

「『拜託妳了』……『秋櫻』！」

「嗯！『我絕對……絕對不會失敗』！」

秋櫻回應完我的喊叫聲後，突然改變了氣息。那雙筆直地看著虛無空間的眼眸緩緩被一抹紅色暈染，現場明明沒有風，那頭淡紫色的中長髮卻輕輕揚起，其中一撮馬上開始染上鮮紅的色彩。

此刻電腦神姬一號機秋櫻的「所有精力」——那足以創造一個世界的壓倒性光之奔流，伴隨著一股神祕的氣息，注入冬亞和未冬的身體裡。

「消失……破壞，然後走開！讓未冬和冬亞……讓我最重要的妹妹受苦的邪惡能力——全都給我消失！」

「唔——！」

那一瞬間——一道強烈的閃光在眼前迸開，我反射性舉起右手遮擋。同時，耳邊傳來了一道「嘰————」的刺耳聲響，讓我一時之間連聽覺也沒了。我強撐著有些迷迷糊糊的意識，過了五秒、然後十秒，最後才戰戰兢兢地睜開眼睛……當下我馬上察覺異變。

「啊……」

直到剛才為止還在逐漸縮小的世界，現在已經「急速延展」。

「支配著未冬那雙眼眸的晦暗色彩已經消失，她的終端裝置也連帶恢復原有的形狀」。

「哈……哈、哈哈……」

一股安心與充實猛然襲上心頭，我發出有些沙啞的聲音，緩緩跪在地上。我感覺得出來疲勞逐漸在身體裡擴散。但現在我卻覺得那感覺有些舒坦。

「……成功了嗎？」

我吐出帶著一絲熱度的聲音……是啊，成功了。秋櫻的地下世界干涉能力完美地消除她們兩人的「詛咒」，病毒的侵蝕也因此停止，星乃宮正在進行的世界修復工程得以完整地發揮了機能。畢竟原本是因為Enigma代碼，才使得修復工作困難重重，如果是像平常那種修復系統的程度，那對星乃宮來說，根本不算難題。

——這時候……

「不對……還『不算』成功吧？」

在我身旁的未冬突然放鬆嘴角，微笑說道。或許是因為已經完全從黑化狀態復元，她的眼神和口吻簡直判若兩人。給人感覺就像個穩重、溫柔，又認真的文靜少女。

這樣的她，微微歪著頭，晃動背後的馬尾，伸手將修好的終端裝置放到我面前。

「距離破關還早得很吧？快點，否則我等一下說不定會反悔。」

「……要是真的發生那種事，我可就不會再相信自己的眼光了。」

「呵呵……我當然是開玩笑的。如果你心裡不是想著『真是一點也不可愛耶』，而是『已經有餘力可以開玩笑了』，那我會很高興喔。」

說完，未冬對我露出發自內心感到高興的笑容。她的表情跟身上那副威風凜凜的打扮互相衝突，加上跟先前相較之下的態度落差，在在表現出與年齡相符的可愛。

「……發動『捕獲』。」

她櫻唇微啟的瞬間，我的寶玉顏色變成藍色了。

「好了。這麼一來，變動ＥＵＣ就破關了……恭喜你。ＧＲＡ是你贏了。」

「……是啊。」

未冬坦率的讚賞，讓我有些害臊，不禁搖著頭，避開她的視線。沒想到我避開視線後，正好跟結束一項大工程，累得倒在地上的秋櫻四目相交。她發現我在看她，慌慌張張地想起身，卻在

一瞬之間絆到自己的腳，摔了個大跤，到頭來還是保持倒在地上的姿勢，右手對著天際高高舉起

——然後……

「勝、勝利！」

她豪爽地比了個勝利手勢。

也對……現在比起任何話語，這樣的手勢或許更適合。畢竟the Came with Revengers Alteration這個遊戲是我們贏了，身為發起人的兩名「前復仇者」也失去憎恨斯費爾的理由，對秋櫻與星乃宮來說，「重要物品」ＥＵＣ世界更是無毀損地保留下來——

「是啊……勝利了。」

——遊戲在無人吃虧的完全勝利下落幕了。

『the Came with Revengers Alteration：狀況：遊戲破關。』

『整體的耗費時間：七十一小時五十九分又四十五秒。ＥＵＣ的最大崩毀進度：９９．９９４％。』

『玩家【垂水夕凪】以及【斯費爾股份有限公司】、遊戲管理員【電腦神姫三號機未冬】與【四號機冬亞】——雙方實際損害為零。』

『確認【未冬】與【冬亞】在遊戲過程中，特殊能力消失。』

『EUC系統復原完畢後，將以正常程序關閉伺服器。』

『……關閉the Came with Revengers Alteration……』

……結束了啊。真是的，就算我再怎麼耐操，這一鬧也有點累了。

謝謝妳了，瑠璃。如果沒有妳，EUC世界一定已經崩毀了。

嗯——這難說喔。如果是織姬大人，感覺就會設法阻止……算了，我還是老實接受妳的道謝吧。

不客氣。能被織姬大人誇獎，實在是光榮到極點了。如果我問，可不可以增加第三課的部門預算當作獎勵，妳會生氣嗎？

這點小事是無妨———但我不要。

……不過別提什麼第三課了，斯費爾已經……就算地下世界再怎麼完好無損，既然所有電腦神姬都被垂水夕凪奪走，斯費爾也沒什麼意義存在了。

……呵呵呵。

？瑠璃？

啊，抱歉抱歉。我不是瞧不起妳。

不過織姬大人，我跟他相處的時間比妳多上很多。所以自認還算了解他的為人。

……妳在說什麼啊……？

沒有啦，我不會現在說……不過妳可以好好期待喔。

他啊，垂水夕凪那個人……實在是個極致的爛好人。

Aa

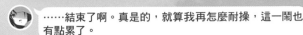

尾聲　落幕

CROSS CONNECT

#

「——喂，垂水！你下星期日有沒有空啊！」

二月某日。在圍繞著放學後和睦喧囂聲的教室裡。

進入新學期之後，時不時就來纏著我的同班同學川西突然抓住我的肩膀，強勢地問著。

我應該是沒有安排，但我總覺得有股麻煩的氣息，決定還是先拒絕。

「星期日？抱歉，我不行。我記得當天我的頭會很痛——」

『下星期日是吧？稍等一下。我看看，垂水的行程表ＡＰＰ……嗯，他很閒喔。應該說，垂水本來就不是會主動安排行程的人嘛。』

「……鈴夏，妳最近開始會肆無忌憚地在教室說話了嘛……受不了。所以呢？星期日要幹嘛？有什麼事嗎？」

「有什麼事……你還問？喂喂，不會吧？你這個人真的是不諳世事耶！遊戲啦，遊戲！你也知道吧？就是那個『斯費爾主辦的遊戲』！」

「…………」

面對這個已經聽慣的單字，我以難以言喻的表情陷入沉默。然而川西卻不察言觀色，激動地繼續闡述。

「所以啊，其實我也是剛剛才知道，聽說這次的遊戲是三人一組的團體遊戲！而且如果不能在遊戲當天以前組好隊伍申請，就不能玩……你看，事情就是這樣，所以我才會趁你還沒被搶走前，先來挖角你！」

「啊……我姑且問一下，為什麼要找我？路上多得是想參加的人吧？」

「唔！這有什麼好問的？這不是廢話嗎！難得我有你這個『史上最快速&目前唯一一個玩家等級SS的朋友』，我反倒想問你，我有什麼理由不找你啊？」

「……等級SS啊。」

川西不斷抓著我的肩膀搖晃，我不禁別開視線，複述那個加諸在我身上的誇張「稱號」。那個稱號總讓我覺得心癢難耐、害臊不已……畢竟引人注目是件麻煩事。

——在那之後。

結果EUC的遊戲場域恢復原狀。病毒能力消滅是其中一個因素，此外就是跟我互換身體的冬亞也在現實世界幫忙修復。總之ＥＵＣ沒有被消滅，成功保留下來了，ＧＲＡ則是順利落幕。

而我在一切處理完畢，回到現實世界後，就看到星乃宮織姬整個人直挺挺地站在我面前，然後深深低下頭。

她說——「是我輸了。」

這句話來得突然，我一時之間搞不懂她的意思……一問之下，才知道那是因為未冬她們介入，而不了了之的「ＥＵＣ敗北宣言」。由於系統管理權限從未冬她們那邊回到星乃宮手上，這才總算能判定勝敗。

我們輕描淡寫地說到這裡，她於是詢問我要什麼「報酬」。跟我為了阻止復仇而開始進行的ＧＲＡ不一樣，ＥＵＣ是正式的地下遊戲，我身為贏家，有收取報酬的權利……經過兩個遊戲的洗禮，她的表情已經變得相當沉穩，看起來完全不像個輸家，不過既然她要提供報酬，我也沒有理由拒絕。

因此我提出的願望是——「安穩」。

再說得具體一點，就是讓「斯費爾全體」發誓「不再對春風和鈴夏（順便加上雪菜）出手」。這是為了不讓他們像ＥＵＣ那樣，再度做出過度自私的掠奪行為，說白了，就是不干涉條約。

星乃宮毫不猶豫就接受了我的要求……不過也是啦。她之所以搶奪春風她們，並非「目的」，而是單純的「手段」。她完全沒有執著於電腦神姬的理由。

所以星乃宮靜靜地對我行禮致意。

接著她俐落地轉身，牽動西裝外套的衣襬，優雅地準備離開教室。

『——先等一下。』

「如果我當時沒有叫住她」，我和斯費爾之間的「緣分」，或許就會當場結束。

可是當時我大概是想到了什麼所以「忍不住開口」。雖說我們在GRA中是同一陣線，星乃宮基本上卻是我的敵人。而我就這麼對這位敵人拋出了我在腦海裡描繪的「某個提案」。那是個對我來說完全沒有益處——弄個不好，甚至是難保不會變成弊端的毫無意義的「策略」。

『…………你……』

星乃宮聽完，微微睜著大眼說道。她就這樣，有好一陣子都像看著某種奇妙的東西一樣，直盯著我看。後來她低著頭沉思，然後——

『我會審慎考慮的……我會以非常、非常積極的角度考慮這件事。』

她以柔和的語調這麼說。

——後來沒過幾天。

斯費爾就盛大對外發表了一款稍微降低（Detune）過往的「地下遊戲」性能，好讓每個人都能參加的世界第一款完全潛行型ＶＲＭＭＯ遊戲。

「……唉……」

我結束短暫的回想，輕輕嘆了口氣。

順帶一提，川西說的「等級」是指斯費爾在那款ＶＲＭＭＯ中導入的「強度定義」。它跟一般的遊戲一樣，只要在各遊戲中取得佳績，數值就會慢慢提升。現在還只是單純的成績評價，以後據說會慢慢追加跟等級有關的遊戲系統。

其實這件事本身沒什麼大不了。畢竟是其他遊戲常見的模式。

問題在於「原本的地下遊戲參加者」會被歸為封測者，並在一開始獲得較高的等級——「其中成績名列第一的我，也就是垂水夕凪，已經以史上最快達成『等級ＳＳ』的人之名，公告全世界了」。

事情就是這樣，大家對我的關注度攀升到異常的程度……這毫無疑問是星乃宮的惡整。那女人知道我本來就討厭人類。根本不可能出自善意做這種事。

不過……跟過去諸多的惡整相比，這或許是非常可愛的了。

總之就像這樣，地下遊戲以相較過去更開放的形式再次出發。破關報酬變成非常現實的東西——基本上是以萬為單位的獎金——大概是因為這樣，這款遊戲給人另類運動項目的印象。因此沒有像ROC或SSR那樣拚死參加的玩家……話說回來，這款遊戲本來就跟喜歡非法氣氛而聚集在地下世界的人合不來。

「——而且啊！我聽說這次那個『冰之女帝』和『染血月光』共同組隊參加耶！太強了吧！光是名列前茅的兩個人組隊，感覺就是冠軍候補了！這……這實在太讓人熱血沸騰了！」

「…………」

……我要稍微訂正一下。雖說是地下遊戲參加者，也不是所有人都退出遊戲。「冰之女帝」這個名號是三辻本人自己報上的，就先不追究了，另一個「染血月光」則是十六夜弧月的別名。

「呃……嘿嘿嘿……他們兩個還是老樣子耶。」

坐在隔壁座位的春風輕笑著說，彷彿替我說出內心話。

我差點被她柔和的笑容牽著走，險些點頭……但不行。他們是他們，我是我。十六夜直到現在還是把我視為勁敵，常常針對我（我在EUC曝光了住處，他偶爾也會殺來我家），但又沒有人規定他參加，我就必須參加。

我這次就算了——就在我即將開口這麼說的瞬間。

——教室內一陣譁然，跟剛才喧鬧的氣氛截然不同。

「咦？」「不會吧，她是……」「斯費爾的遊戲管理者！」「喂，她不是星乃宮小姐嗎？

是、是本人？」「嗚哇，好漂亮……我在網路上看過照片，可是感覺本人的氣場不一樣……」「呃……星乃宮織姫是確有其人嗎？」「什麼叫確有其人啊……啊，不果我好像有點懂你的意思。」「星乃宮小姐降臨了……」「天哪，我可能有點想被她踩一下。」

「……………………不會吧。」

從四面八方湧出的吵雜聲，我完全是左耳進右耳出，只是忍不住無奈地抬頭仰天。我根本不想看同學們的視線聚集在誰的身上。也不想把正確率幾乎１００％的預測結果變成確定事項。

所以我有好一陣子閉著眼睛，沉浸在現實會不會趁著這段時間有點變化的無用妄想中，最後我緩緩把眼睛睜開一條縫——看著前方。

「——好久不見了，垂水夕凪同學。」

「……………嗨，星乃宮。」

但想當然，我的期待完全落空。

站在我眼前的人，是穿著一身套裝的黑髮美麗女人——星乃宮織姫本人。

從班上的人興奮起鬨就可以知道，她現在是個非常有名的人。身為斯費爾這個藏有許多謎團的大企業領頭人，同時也是世界第一個實現完全潛行ＶＲＭＭＯ的人，她上遍各大電視和報章雜誌。再加上她本人的美貌，網路上甚至有幾十萬人組成的粉絲俱樂部。

這樣的星乃宮站在講台上，靜靜地行禮致意後，教室裡的吵雜聲頓時變成尖叫。

接著當她按下某個開關的瞬間……「某個影像」就這麼投射在背後的黑板上。

『……唔、唔耶！那個……難道已經開始拍了嗎！』

以黑白兩色構成的荷葉邊女僕裝。沒有紅色混在其中的清亮淡紫色中長髮。

——她是電腦神姬一號機秋櫻。

對，沒錯。星乃宮發出信號後，投射在黑板上的人影是秋櫻。而且正好選在她整理儀容的時候切換畫面。本來拿在手上的梳子因為一陣慌亂而掉落，當她想伸手撿起的瞬間，腳滑了一下，就這麼直接往前跌倒。

『啊嗚！』

途中甚至發出一道小聲的哀號……不過秋櫻馬上搖搖晃晃地起身，雙手緊握放在胸前，嘴裡嘟囔著『我、我是姊姊，才不會認輸！』這種逞強的話語。

看她那副不氣餒又拚命的模樣，整間教室傳出溫暖的加油聲和掌聲。

「…………不是，我說這是啥？」

我忍不住發出抱怨般的聲音。

嗯——我先透露一下情報，其實秋櫻現在是星乃宮這位斯費爾第一把交椅的專屬ＡＩ，擔任各種遊戲的導覽員。她在媒體的曝光度也急速上升，身為電腦神姬，擁有悖離現實的外表，加上女僕裝和冒失少女屬性，讓她獲得偶像級的超人氣。基於這層原因，我也不是不懂同學們（這些傢伙）會有誇張的反應。

『呃……啊，是夕凪！』

慌張的秋櫻終於注意到我的存在，表情瞬間亮了起來，同時稍微挺起胸膛。

『你看，氣氛這麼熱絡，很厲害吧！大家都被我的姊姊作風感動了喔！看來我又更靠近姊姊大人一步了！』

「啊……好啦，既然妳這麼想，就當成這樣吧。」

『唔。怎、怎樣？你這種話中有話的說法——啊！你……你就是想用這種方法，攪亂我的心思對吧！玩……玩弄過我的身體之後，你就食髓知味！』

「呃……妳……妳到底要記恨到什麼時候啊！」

秋櫻以連自己都害羞的說法，形容我們在ＧＲＡ「互換身體」的情節。之後理所當然的，教室內的體感溫度急遽下降，接著飽含「你到底還想讓幾個可愛的女孩子伺候啊，渣夕凪」的視線便開始交錯。

「…………」

總之我就先忽略吧。

我輕咳了兩聲，並重新看向眼前的秋櫻。她的表情比EUC的終盤或GRA時還要耀眼開朗。感覺就像凡事都過得很充實，是非常有魅力的笑容。

不過——只要稍微想想，就會知道她心情這麼好非常合情合理。

畢竟現在地下遊戲跟以前不定期舉辦時不同，已經是定期舉辦的狀態，「星乃宮每天都會以遊戲管理者的身分登入地下世界」。而站在星乃宮身邊的人，就是她。換句話說，她們兩人見面的機會已經比之前只有在系統維修才能接觸時，還要多出許多了。

…………沒錯。

我當時的「提案」，就是「這個」。如果星乃宮的野心並不是什麼「征服世界」，而是「和秋櫻共存」，那麼像這樣「定期舉辦許多人參與的遊戲，也能獲得同樣的成果」。玩家將會不斷造訪地下世界，星乃宮也能以管理者的身分，與秋櫻一起行動。

這就是——對所有人都很簡單、單純、和平又平穩的幸福解決方案。

……唉，這的確是我提案的事。

既然拋出這個提案了，我也沒有挑剔做法的意思，而且我看截至目前為止，都進行得很順利，也很放心。關於這部分，我是真的很開心。可是——

「這就算了——可是我覺得『妳們三番兩次都要找我麻煩』，根本有病！」

我憤慨地揮動右手，直指站在講台上的星乃宮。我已經覺得寄邀請函到家裡（這是上上次），還有在電視上當著全國觀眾的面指名我（這是上次）都不太好了，不管怎麼想，闖進教室更惡質。

「不，這你就錯了。」

但星乃宮靜靜地搖搖頭。接著嘴角浮現一抹微笑。

「以我個人來說，我根本不在乎你。我對你毫無興趣，也不關心你。但是秋櫻說『你不參加很無聊』，說都說不聽……沒錯，我也是出於無奈。」

『什麼！我？才……才不是，不是！這是騙人的！才不是我說的，是姊姊大人說什麼都想打敗夕凪啊！妳說妳要給他好看！』

「不不不，是妳——」

『才不是我！是姊姊大人——』

「…………」

「……哦，小凪，你很搶手嘛。」

雪菜不知道什麼時候來到我身邊，以輕蔑的眼神喃喃說道……可是無論怎麼想，這都不是什麼桃花運吧？她們兩個人的確都想讓我參加遊戲，可是那大概是出於「想出一口氣」或是「復仇戰」那類的心思。

「……唉。」

我忍不住又嘆了口氣……到頭來，這純粹是我的「失誤」。因為EUC的勝利報酬，也就是「不干涉條約」的對象，並不包括垂水夕凪(我本人)。如果以定期測試來比喻，這完全是初階到讓人頭痛的失誤。

不過——雖然這件事本身的確有失萬全，卻也有一件好事。

「喂，星乃宮。那兩個人……『未冬和冬亞』怎麼樣了？」

「嗯？什麼怎麼樣？」

「我是說……她們在斯費爾(那裡)過得還順遂嗎？」

——沒錯，再更進一步說……

GRA結束之後不久，未冬和冬亞在各種意義上獲得自由，星乃宮竟然就這麼「挖角她們去斯費爾」。她以跟我訂下的「不干涉條約」當中不包括她們為由，私下向她們提出邀約。

當然了，星乃宮並不是把她們當成實驗對象，而是以「秋櫻的姊妹」身分——換句話說，是以對等的夥伴，拉攏她們到斯費爾。

「…………」

其實這件事本身很值得開心，先不說不善言辭的冬亞，未冬原本就生性認真，所以每天會傳業務報告(Message)給我。因此我並不是懷疑她們兩個人的待遇……只不過之前事情鬧得那麼大，還是會忍不住擔心。

「……呵呵。」

星乃宮笑得彷彿看穿了我的內心，慢慢地點著頭。

「你不用擔心。應該說，既然秋櫻也在一起，她們怎麼可能不順遂呢？想利用電腦神姬的能力為非作歹的部分成員，早在『災厄之冬』結束時，就從斯費爾消失了。何況她們現在都拚命地想『獲得幸福』，已經跟以前全方位滿身是刺時不同了，我想現在不管面對誰，都可以處得很好喔。」

「……這樣啊。那就好。」

「是啊……噢，還有一件事。」

這時候，站在眼前的星乃宮稍稍改變了氛圍。她一反過去擔任EUC的遊戲管理者時的那種冰冷感覺，但我也不知道該說柔和還是是「調皮」，總之她臉上帶著那樣的微笑，窺探我的眼眸。

「我忘記說了——其實確切說起來，我們討論時，並未刻意提及這件事，不過從這次起，為了讓你參加遊戲，『我請那兩個人一起幫忙嘍』。」

「…………啥？」

面對這個突然公開的情報，我回以一道呆滯的聲音。下一秒——投射在黑板上的畫面有一瞬間大大地晃動，隨後馬上恢復……不對，說「恢復」有點不對。畢竟「直到剛才都只映著秋櫻一個人的畫面，現在卻有三名少女並排在一起」。

畫面右側是單手輕輕扠著腰，綁著深藍色馬尾的少女——未冬，而另一邊，則是畏畏縮縮地抓著秋櫻的手，有著一頭銀色長髮的少女——冬亞。

此外她們的打扮都跟站在中間的秋櫻一樣——是「荷葉邊女僕裝」。

「穿、穿成這樣還真令人害臊啊……」「…………嗚……嗚嗚……」

『嗚哦哦哦哦哦哦哦哦哦哦哦哦哦哦哦哦哦哦哦哦！』

周遭的同學一見兩名新的美少女突然降臨，那興奮的場面讓我覺得自己身處異次元。而我站在這些人當中，卻有一股和他們不同的感情襲上心頭，整個人無法反應。

……未冬從前被禁錮在復仇中，而冬亞自責自己讓她發狂，總是低著頭。但她們現在卻跟不久前還是敵人的秋櫻站在一起，臉頰因為害羞而染紅，同時笑得毫無陰霾。

那幅光景正是參加那場遊戲（GRA）的所有人都打從心底希望的。

「這招……太卑鄙了，星乃宮。」

所以我忍不住放鬆了嘴角這麼嘟囔……對，說實話，這招真的太詐了。一看到這幅光景，我根本無法拒絕。

『那我們重來一次——夕凪，跟姊姊一起玩遊戲嘛。』

秋櫻代表三個人這麼說，同時把手伸向我，而我也筆直地看著她。就在我苦惱著該如何回答，即將張嘴的時候——

「嘿嘿嘿……夕凪先生，你可不能站在這裡回答喔。」

——春風以一副又哭又笑的表情，從旁拉著我的手，然後就這麼推著我的背，往講台前進。

當然了，這麼做使得我們更加引人側目，不過……如果要撂狠話，站在這裡的確比較好。而且——我稍微思考一下後，決定「牽起春風的左手」。我這個突如其來的行動，令她瞬間嚇到，發出「呀」的尖叫聲，但最後還是開心地放鬆臉部肌肉，以溫柔的力道回握我的手。

我就這樣牽著春風的手，大大方方站在黑板前——

「——受不了……好啦，我知道了啦。」

我對著在畫面另一端等著回覆的秋櫻擺出極為不甘願的表情，但我剛才說了這麼多，其實打從一開始就打算參加，只是完全沒表現出來，而是裝作一副「真是的，拿妳們沒轍」的模樣……在嘆息之中這麼說：

「『既然妳們都這麼說了，我參加就是了。不管幾場，我都陪妳們玩啦』……不過這樣好嗎？因為我會從頭贏到尾，妳們應該不會覺得好玩喔。」

『唔！……沒、沒關係！你也只有現在才能逞強了！』

「哇……！嘿嘿嘿，就是這股氣勢，夕凪先生！我也會非常努力！」

秋櫻中了我的挑撥，氣得鼓起腮幫子，春風則是在胸口握拳。

……我想這樣的光景之後一定會不斷交錯，然後成為微小、司空見慣，而且是幸福日常的其中一個場景。這樣的事平凡無奇。當然也不是限定當下才有，而是會永遠持續下去。不斷造就新的一頁。

我沒有任何根據，只是有這種預感——

後記

CROSS CONNECT

大家午安，或者晚安。我是久追遥希。

非常感謝各位閱讀本書《交叉連結4覺醒與災厄的互換身體姊妹遊戲攻略》！

事情就是這樣，第四集了。因為我在第三集最後寫了「下集待續！」原本想說要早點跟大家見面，結果發行步調還是跟往常一樣。唔唔唔……我還不夠快。

好的，已經看完的讀者應該發現了，這次的故事是跟以前不太一樣的「互換身體×遊戲攻略」。具體來說，就是一下子電腦神姬做了○○，一下子斯費爾又做了○○！……大家可能會覺得我打碼成這樣，根本沒有寫出來的意義，不過總而言之我很努力了，希望大家也敬請期待。

另外我在作品中也有稍微提及……這次在兩名新角色（當然就是封面的那兩個人！）的登場之下，本作一個重要核心「電腦神姬系列」就算全員到齊了。

……說實話，我的感觸很深。

其實《交叉連結》是新人賞的投稿作品，至少我在投稿的時候，是把它當成「單集結束的故事」。所以雖說是系列，其實被稱作電腦神姬的存在就只有春風，其他四個人完全是一片空白。

假設——應該說，如果不是有幸得獎，還謝天謝地讓我寫後續，她們毫無疑問不會問世。

以這層意義來說，我對讀者們真的只有感謝（磕頭）。

好了，從我突然開始對作品長篇大論來看，各位可能也猜到了（看完本篇的人可能也已經發現），本作到此要暫時落幕了。我之所以沒有在中途停下，一直寫到心裡想的橋段，都是多虧各位的支持。請讓我再次致謝。

那麼接下來……就要談談新作了！

這個情報透過這篇後記，是首次解禁。明年（二〇一九年！）的三月左右，久追遥希會出新作品（註：此為日本出版狀況）。正確地說，是預計會出。書名等細節尚未拍板定案，不過內容會是「謊言×遊戲×校園×戀愛喜劇！」該怎麼說呢？其實就是網羅所有作者喜歡的要素，然後全塞在裡面。

此外接下來，下一頁居然是附加插圖的公告！

新作輕小說總投票
2018
（BOOK☆WALKER）

新人賞第一名！

交叉連結

久追遥希 × konomi（きのこのみ）的組合

即將獻上

以校園為舞台的

純正「勝負」遊戲啟動☆

敬請期待！

——感覺如何呢？如何呢！

就像各位看到的，新作跟本系列作一樣，插圖都是由konomi老師擔綱……！太好啦！我寫這段後記的時候，其實連故事內容都還沒完成，即使如此，我敢說封面和插圖的精美程度已經獲得保證。我也必須盡全力，努力寫出配得上圖畫的故事和人物……！

順帶一提，我在上一頁羅列了許多要素，不過以類別來分的話，應該是以「遊戲」的色彩最濃烈。如果您喜歡《交叉連結》，我想新故事一定也能樂在其中，希望大家敬請期待！

事情就是這樣，關於新作品，還請大家等待後續情報。

接下來是謝辭。

插畫家konomi（きのこのみ）老師。感謝您這次也畫出震懾人心的厲害插畫。尤其是未冬和冬亞的角色設計，超黑暗而且帥氣&可愛的封面，我只有一句話：棒呆了！

責任編輯、MF文庫J編輯部，以及所有相關人士。這次也承蒙大家照顧了。自去年出道以來，就快滿一年了，今後也麻煩各位多多指教提點。

接下來是閱讀到這裡的各位讀者。

我在上一頁也寫了類似的話，這部《交叉連結》系列作，是因為有大家的支持，才能出版這麼多集。大家在社群上給我的購買報告、感想還有粉絲信，每一樣都給予我無法言喻的巨大鼓勵。新作品我也會非常努力，不嫌棄的話，還希望大家能買來看看……！

雖然頁面還空了一點沒補足，既然告了一個段落，我就寫到這裡。

衷心希望我們還能在下一部作品相會……！

久追遥希

交叉連結4 覺醒與災厄的互換身體姊妹遊戲攻略

感謝大家購買本書。
我是きのこのみ的 konomi
未冬是我很少會畫的角色類型（但是我喜歡的感覺）
所以從設計角色開始，就一直畫得很興奮
十六夜總是在時機剛好的時候出現!!!
希望大家這次也能在 Twitter 等地方把第四集的感想告訴我

歡迎來到實力至上主義的教室 二年級篇 1~3 待續

Kadokawa Fantastic Novels

作者：衣笠彰梧　插畫：トモセシュンサク

以四季如夏的無人島為舞台，
全年級互相競來獲得分數的野外求生考試終於開始！

無人島野外求生考試——這次是為期兩週的持久賽，須考量補給水分和食材的嚴酷考試。綾小路在這種情況下單獨行動，一年D班的七瀨翼卻提議同行。這是毫無益處的怪異舉動。為了得知七瀨的方針，綾小路和她開始以兩人組之姿闖蕩無人島！

各 **NT$240/HK$80**

自稱F級的哥哥似乎要稱霸以遊戲分級的學園？ 1~5 待續

Kadokawa Fantastic Novels

作者：三河ごーすと　插畫：ねこめたる

「最弱」與「最強」交錯之時，
故事將發展出全新局面——！

暑假前的某天，理事長邀請學生們前往獅子王休閒樂園度假，那卻是「獸王遊戲祭」參賽代表選拔戰開始的信號。可憐與桃花把握機會努力鍛鍊，外國刺客卻在背後悄悄行動……紅蓮將再次證明他是貨真價實的最強玩家——！

各 **NT$200~240/HK$67~80**

神童勇者的女僕都是漂亮大姊姊!? 1~4 待續

Kadokawa Fantastic Novels

作者：望公太　插畫：ぴょん吉

值得記念的第一屆
「挑選主人的服飾大賽」開始嘍！

　　席恩偶然獲得未知的聖劍，宅邸內卻因牌局和Ａ書騷動，依舊鬧得不可開交。在女僕們「挑選最適合席恩的服飾大賽」結束後，一行人出發調查某個溫泉，並受託解決溫泉觀光地化面臨的問題，沒想到那裡竟是強悍魔獸的住處……令人會心一笑的第四彈！

各 **NT$200/HK$67**

義妹生活 1 待續

Kadokawa Fantastic Novels

作者：三河ご一すと　插畫：Hiten

兩人的距離日漸縮短，
慢慢建立起兄妹以上卻與家人有所不同的關係。

經歷雙親感情破裂後再婚，高中生淺村悠太和學年第一美少女綾瀨沙季成了義兄妹，並相約保持不接近也不對立的關係。不知該如何依賴別人，或是怎麼以兄妹身分相處的他們，卻逐漸察覺與對方生活有多麼愜意……

NT$200/HK$67